百家文学馆

龙子湖畔

陈世杰 玉长江 著

中国文联出版社

图书在版编目（CIP）数据

龙子湖畔 / 陈世杰，王长江著. -- 北京：中国文
联出版社，2020.11（2023.3 重印）
ISBN 978 - 7 - 5190 - 4364 - 3

Ⅰ.①龙… Ⅱ.①陈…②王… Ⅲ.①诗集—中国—
当代②散文集—中国—当代 Ⅳ.①I217.1

中国版本图书馆 CIP 数据核字（2020）第 201526 号

著　　者　陈世杰　王长江
责任编辑　阴奕璇
责任校对　李佳莺
装帧设计　中联华文

出版发行　中国文联出版社有限公司
地　　址　北京市朝阳区农展馆南里 10 号　　　　邮编　100125
电　　话　010 - 85923025（发行部）　　　　85923091（总编室）
经　　销　全国新华书店等
印　　刷　三河市华东印刷有限公司

开　　本　710 毫米×1000 毫米　　1/16
印　　张　17.25
字　　数　253 千字
版　　次　2023 年 3 月第 1 版第 2 次印刷
定　　价　89.00 元

《龙子湖畔》诗文集编委

（按姓氏笔划排列）

马春光　　王长江

沈云霞　　陈世杰

崔花艳　　谢朝坤

写在前面

　　河南财经政法大学诗文园地氛围温馨,广大师生创作兴趣浓厚,结师生诗文作品集夙愿已久。多年来,全校大学语文公共课、古代文学课、国学概论等课程中,老师们布置诗文作业,同时又面向全校开设诗歌欣赏课程,历二十余载矣。其间,诗歌朗诵、诗歌创作等赛事频繁,巧思佳构层出不穷。可谓万事俱备,只欠东风。恰逢中文基础学科建设提供一个好平台,真乃好风凭借力,送我上青云。

　　书名取《龙子湖畔》,寓学校西临龙子湖之意。龙子湖色,波光粼粼,众鸟戏水,游人如织。身临其境,诗情画意无不油然而生。书中集录作品数百篇(首),无论讴歌抗战英雄之气,抑或抒写小我情怀;无论吊古伤今,感怀时事,抑或感念父母兄长;无论长篇巨制,抑或精致小文;内容总关乎一个"爱"字。家国父母,亲友师长,山河风月等等,文人学子,韵言为诗,述而为文。有的笔法老道,峰峦叠嶂,意境空灵,余唐宋风韵;有的小荷尖尖,初出茅庐,童心灿烂,呈五四异彩。

　　体例设计,韵文分列。序次依"五言体""七言体""词""现代诗""散文""诗文品"思路编排。作品依四句、八句及以上按绝、律、古分体编排,老师在前,学生列后。老师作品依姓氏笔划先后排列,学生作品不复细分。韵体又依绝、律、古、词先后呈现,平仄合辙则予以标明;否,皆视为古体已矣。律、绝、词用韵,取平水韵、中华新韵、中华通韵。

　　古典诗词是优秀传统文化的精粹,是文学中的文学,贵在传承。但今人写古体诗词，无异于戴着脚镣手铐跳舞。用韵上，无论平水韵、词林正韵，抑或中华新韵、中华通韵皆视为合乎规则，但平仄对仗，今人依然时常忽视。故美中不足的是，本书在近体诗词作品选取上坚持了平仄合辙，古体诗未做诸多严格要求，有些或恐有顺口打油之嫌，贻笑方家。

另外，本次征稿时间较晚。收上来的诗文，多系大一大二在校生的作品，大三大四比较少，毕业生又少。老师的作品，其他学院尚未征集到，收入的皆是文化传播学院老师的作品，这也是一个缺憾。好在这只是一个开头，意在抛砖引玉，好戏在后头。我们期待着《龙子湖畔》卷二、卷三问世……

因水平所限，加之时间仓促，不当之处在所难免，尚望读者诸君多多批评指正！

编　者

2018 年 8 月 31 日于郑东新区

目　录

五　言　体

目 录

目 录

七 言 体

目　录

目　录

词

目录

现代诗

散　文

诗　文　品

五　言　体

五绝 雪 夜 (中华新韵)

文化传播学院文学通识教研室 陈世杰

最喜楼隔世，偏宜夜静人。
雪寒孤月照，窗小数星沉。

五绝 田园初夏 (中华新韵)

刑事司法学院 2017 级法学 张若愚

山村迎夏至，树影日初长。
欲问人何在，枇杷一院香。

五绝 洛 邑 (中华新韵)

文化传播学院 2017 级中国语言文学 高 璐

神都依洛水，历尽事沧桑。
夏魏隋唐影，兴亡几度伤。

五绝 校园一角 (中华新韵)

工商管理学院 2017 级工商管理 陈庆江

晨曦云外绽，雨露叶间伏。
新木荫幽径，芳芽点绿芜。

五律　病榻吟 （平水韵）

文化传播学院文学通识教研室　陈世杰

昔辞淮卫水，今寄祭城楼。①

才剔心头疾，新悲眼底秋。②

亲朋屏快信，老病榻孤舟。

一枕少年事，两三田垄牛。

五律　清明有感 （平水韵）

文化传播学院汉语言文学教研室　崔花艳

连日多春雨，清明天始晴。

长空碧如洗，绿树鸟正鸣。

兰草幽香远，樱花舞韵轻。

蜂蝶恋芳颜，孰解惜落英？

五律　又雪 （平水韵）

文化传播学院汉语言文学教研室　崔花艳

雪花今又至，戴胜雪中行。

观雪惬幽意，寻鹏有逸情。

翩翩如舞蝶，漫漫化琼英。

子建眇何在？洛神舞袖轻。

---

①淮卫水：家居淮河红卫水库边。祭（zhài）城：郑州市之古称。　②心头疾：心脏疾。眼底秋：眼疾。

五律　戊戌岁立春日观湖有感 （平水韵）

文化传播学院汉语言文学教研室　崔花艳

波痕映晚霞，暮色冷蒹葭。

远树知春候，晴空感物华。

湖平起孤雁，林静隐寒鸦。

野径人归后，月明连白沙。

五律　炎夏金城行 （平水韵）

文化传播学院汉语言文学教研室　崔花艳

西行殊漫漫，迢遞至金城。

鸟影长桥过，钟声白塔鸣。

云间听梵唱，松下恣幽情。

浊浪腾龙马，慈恩度众生。

五律　七夕诗 （平水韵）

文化传播学院汉语言文学教研室　崔花艳

戊戌年七夕，欲往西门外观湖，忽见西天云霞烂漫，甚是可爱，乃凭栏远眺，此时新月初上，云烟千态，残霞似火，遂漫成此诗。

中原逢七夕，芳渚暮烟熏。

高树蝉声断，秋风落叶闻。

楼头人望月，天上火烧云。

谁解相思泪，织成锦绣纹。

五律 江城游记 (中华新韵)

旅游与会展学院 2017 级旅游管理　郭钰潘

四月巧相逢，江城暗雨蒙。

长桥横桨影，夜幕过飞鸿。

草色晴川梦，樱花锦绣绒。

鹤楼窗望远，绿柳舞柔风。

五律 闹 春 (中华新韵)

旅游与会展学院 2017 级旅游管理　　惠　荣

暖煦烟波碧，鱼逐戏浅滩。

轻雷含晓雾，晨露浥春兰。

土沃芽犹冒，枝繁鸟愈欢。

艳阳疑似夏，小雨乍惊寒。

五律 杂 记 (中华新韵)

旅游与会展学院 2017 级旅游管理　　邱　爽

一曲赴东流，繁花远处休。

烟波涵翠玉，枯木落孤鸥。

款款飞鸿逝，匆匆遄水忧。

心神无聚处，只见夜台幽。

五律 春 思 (中华新韵)

经济学院 2017 级经济学　吴娅欣

雨露湿衣冷，梨花落远风。

飞禽鸣玉树，动兔绕芳丛。

万水皆空碧，千山数点红。

行思君更切，晚看月明中。

五律　登高遇阻 (平水韵)

文化传播学院 2014 级秘书学　李领园

登高待重九，谁料雾茫茫。

连地狂风起，满林万木黄。

客居多落寞，日暮更彷徨。

遥忆家乡景，紧依淇水旁。

五律　晚春园景 (平水韵)

文化传播学院 2015 级秘书学　湛一曼

西园春色晚，之子共徜徉。

小径落花满，清风新木芳。

池前留笑语，树下赋诗章。

明日复来约，今宵好梦长。

五律　少林游记 (平水韵)

财政税务学院 2015 级财政学　理凌云

一

凌云志久矣，此去拂消沉。

谒圣攀中岳，求经向少林。

神仙有洞阙，古磬传幽深。

试作登高赋，不虚学诵吟。

二

风霾难助兴，尽日眼离迷。

是处烟笼树，环身柳拂堤。

山花点左右，落日指东西。

始解渊明醉，狂歌归去兮。

五律　广州打工返家途中（平水韵）

财政税务学院 2015 级财政学　理凌云

逸豫真长久，来求弃置身。

小楼成一统，晚梦有双亲。

谒圣弥追远，淘书已忘贫。

荔枝三五颗，曾做岭南人。

五律　记　游（平水韵）

财政税务学院 2015 级财政学　理凌云

天蓝寻盛景，郊远更成春。

浅夏催红果，低枝映美人。

有风难乏倦，无雨亦清新。

野色聊同醉，曾为世外身。

五律　雨后杂兴（平水韵）

国际经济与贸易学院 2017 级经济学与贸易　王　晗

人欲朱楼上，风弦动叶秋。

墨云驰万里，诗意绕蓬洲。

青黛高低见，烟溪远近幽。

兴来铺绢素，吾辈亦名流。

五律　秋行有感 （平水韵）

国际经济与贸易学院 2017 级经济学与贸易　田念直

冷冷苍空远，嘤嘤飞鸟轻。

清清湖水澈，缕缕菊香萦。

忽得岸边奏，未通曲中情。

更年再听曲，不惑独长鸣。

五律　孤　家 （平水韵）

国际经济与贸易学院 2017 级经济学与贸易　宋正熹

夜有凄凉雨，晨无彩晕家。

山空孤客影，食缺乱飞鸦。

石径多岑寂，风光尽足夸。

独行千里外，更念北湖霞。

五律　离　人 （平水韵）

国际经济与贸易学院 2017 级经济学与贸易　杨丰溢

光痕照世间，寂谷鸟飞还。

袅袅炊烟起，家家灯火斑。

身栖新地屋，心念故人颜。

相忆情难尽，浮沉游子湾。

无　题

文化传播学院汉语言文学教研室　刘亚美

风淡花开寂，香冷萤难请。
夜静星带露，梦浅诗未成。

夏日雨后晚晴

文化传播学院秘书学教研室　沈云霞

晚霞照湖水，流云映长天。
新雨泽夏木，清风润心田。

课堂小记

文化传播学院秘书学教研室　沈云霞

序：今日三节课，末一节由弟子自写一文，与古文人墨客神交对话，以走近古人，觅而为友，此孟老夫子教我等之法也。如此，在弟子苦思冥想又奋笔疾书之间隙，为师者自可偷懒片刻。然在学子丛中闲转之时，蓦然瞥见窗外有梧桐伫立，此前竟浑然不觉。东坡语云：天地万物，谁是主人？闲者便是。诚哉斯言！吾此时正闲人尔。闲人自由闲笔也。

斜阳照梧桐，梧桐静无声。默然立窗前，经春复历冬。
室内众学子，伏案正笔耕。千古觅知音，铸文思人生。
师者暂偷闲，细赏窗外景。霜林掩高楼，桐叶拂窗棂。
飒飒弄西风，萧萧送寒声。秋色润眼明，秋音悦耳聪。
天地有大美，谁人俯仰望？匆匆忙终日，碌碌度时光。
何当远嚣尘，种豆南山旁。挥汗日光下，引吭月色中。
岭上观白云，松下听涛鸣。偶尔得佳句，自写自吟咏。
万物若有知，与吾共诗情。思绪正纷纷，耳旁响钟铃。

急从山野回，趋步向众生。师生同遨游，趣味乐无穷。

庐山山居

文化传播学院汉语言文学教研室　李　莹

清溪山涧流，野菊坡边生。
星辉漫芳径，松涛漾幽梦。
万物顺其性，和谐自然成。
怅然有所失，徒慕五柳风。

白云山小景

文化传播学院汉语言文学教研室　赵　华

弱柳迎风吹，清溪绕户来。
禾黍连云碧，园林对水开。

秋　意（三首）

文化传播学院新闻教研室　贺晓宏

一

垄间霜意深，秋风时叩门。
临帖案边坐，炉香散黄昏。

二

秋山白云深，隐者昼闭门。
偶逢旧友至，畅谈至黄昏。

三

浦上芦荻深，秋桂斜朱门。
青苔久不扫，无人月黄昏。

乙未年初雪有感

文化传播学院新闻教研室　贺晓宏

昨夜归途阻，今朝世界新。
华苑琼枝开，草舍粉装匀。
牖外飘飞雪，室内暖如春。
毋须抱冰子，高堂自欢欣。

咏　荷（二首）

文化传播学院新闻教研室　贺晓宏

一

碧荷出水间，暗香漾涟涟。
素朵展娇姿，绿袖舞风前。
不争桃李春，热烈色益妍。
恨无丹青手，能写彼容颜。

二

水中凌波子，观音坐下莲。
枝枝秀挺出，朵朵任天然。
欲近怯清浊，退步自凭栏。
唯恐秋风起，霜冷泣婵娟。

继 志

文化传播学院新闻教研室　贺晓宏

武侯将星殒，继扶汉者谁？

祁山卧龙坠，天水腾蛇飞。

逢亮奇才露，困奋犹溃围。

胆大应无惧，雄心誓不回。

七夕有感

文化传播学院新闻教研室　贺晓宏

滚滚红尘里，时醒又时迷。

醒时一镜明，迷时众路歧。

恒河沙无数，鹪鹩巢一枝。

人寰古今来，牛郎织女稀。

春山行

文化传播学院新闻教研室　贺晓宏

夜雨洗璧山，晓雾隐危岩。

层翠染紫桐，赭石飞百练。

郭亮堪采风，喊泉可细探。

杏林集雅士，琼台会万仙。

鼓腹亦竭虑，食芹犹念远。

绝壁长廊险，同道心愈坚。

不负凌云志，岂惧蜀道难？

桃李满天下，流芳在人间。

记运动会

文化传播学院 2017 级中国语言文学　王梦茹

春日戏暖阳，劲风扫霓裳。

健儿骋赛场，无处不昂扬。

思

文化传播学院 2017 级中国语言文学　刘　想

城南高台存，思陵不思人。

秋风助秋意，零落故人魂。

腊　梅

文化传播学院 2014 级广告学　张玉剑

落笔冬将至，抬首春未来。

遥见梁门①外，腊梅悄然开。

悯　农

文化传播学院 2012 级商务秘书　李艳科

晨晓御车去，夜半人未回。

田家多如是，苗盛乐心扉。

---

① 开封大梁门。

无　题

文化传播学院 2012 级商务秘书　李艳科

静卧听雨声，点滴到天明。
夏初荷未秀，池塘铺满萍。

诉衷情

会计学院 2015 级会计学　何佳露

秋叶风中舞，残红话离殇。
思君知情切，对镜懒梳妆。
芳意渐零落，相逢已渺茫。
悲歌空伴月，只望早归乡。

春　日

国际经济与贸易学院 2017 级经济学与贸易　张雪琪

风吹杨柳去，匆促逐花行。
山入数回首，溪流几泪横。
相思故友意，叹别灞陵情。
谁晓今宵梦，东君一笑倾。

无　题

国际经济与贸易学院 2017 级经济学与贸易　任　怡

闲来无着兴，拄杖绕山巅。
鹫岭叨丹宇，苍松坐隐仙。

斜阳水寒浸，微月鹤孤旋。
顿觉衣衫薄，云霞欲漫天！

闲　游

国际经济与贸易学院 2017 级经济学与贸易　申旭明

明知雨将至，不管墨环山。
树绿迎人舞，花红尽日闲。
行人江畔醉，轮渡苇中还。
且看风过处，栖鸦落月弯。

归家所见

国际经济与贸易学院 2017 级经济学与贸易　张　雨

天暖日高举，微风淡淡扬。
竹枯生嫩笋，羽湿没幽塘。
河蟹随波逝，惊凫过溪藏。
回看所来径，轻紫间新黄。

空　念

国际经济与贸易学院 2017 级经济学与贸易　王　晋

君缘一回顾，吾思三载长。
孤身往千里，日暮独忧伤。
残水映人离，断枝停叶黄。
哪堪久留住，临月念红妆。

故　里

国际经济与贸易学院 2017 级经济学与贸易　　赵星云

晚来一楼月，风轻拂罗衣。

鬐发悲花落，青云羡鸟飞。

功成扬万里，衣锦可还归。

驰电流光去，蹉跎谏古稀。

误伊人

国际经济与贸易学院 2017 级经济学与贸易　　陈红艳

谁裁木鹊魂，影扰对棋人。

玉指窗前笋，笙香幔里春。

清溪迷菡萏，满盅醉芳尘。

雾锁红尘客，亭前梦几轮。

有所思

国际经济与贸易学院 2017 级经济学与贸易　　邱　平

晚风梳柳后，情到藕花池。

高阁方成醉，斯人真自痴。

春芳依翠地，珑月照波时。

心赏更何日，茫然有所思。

清 明

国际经济与贸易学院 2017 级经济学与贸易　李朝林

清明纷祭扫，野地冢生愁。

纸素化蝴蝶，相思过万州。

残花入庭院，夜雨下楼头。

聊以杯中酒，来销方寸忧。

归 家

法学院 2017 级法学　邵明霞

夜暮晚成墨，炊烟眼底纱。

残霞携旅客，枯树留昏鸦。

烟绕风来急，石鸣溪水哗。

人间万条路，天地尽为家。

春 日

国际经济与贸易学院 2017 级经济学与贸易　郭心乐

烈日碧空悬，繁华缀碧川。

孤鸿过云际，水鸟伫溪边。

世幻客多事，莲青鱼尚眠。

何妨停半刻，细赏艳阳天。

伤 雨

国际经济与贸易学院 2017 级经济学与贸易　杨亚欣

春意渐阑珊，雨声窗外潺。

柳枝烟景里，芳草水云间。

日晚晴霞散，舟横野渡闲。

黯乡追梦夜，化作所思颜。

会故友

国际经济与贸易学院 2017 级经济学与贸易　王越莹

诚挚感君意，未嫌千里遥。

同经流水路，相聚牡丹桥。

光洒花枝俏，风吹柳絮飘。

残霞伤日暮，更奏别离箫。

春　归

国际经济与贸易学院 2017 级经济学与贸易　贺景景

夜雨当空落，潇潇入耳眠。

独观遗外物，静赏漾清涟。

晓日登岩壑，晴曛锁淡烟。

柔风携彩翅，簌簌醉霓仙。

秋　思

国际经济与贸易学院 2017 级经济学与贸易　闫方婷

宇内清光满，高风动露蝉。

秋从此夜重，月向故人圆。

今古同谁照，江山各自妍。

登楼吟咏处，空自忆华年。

随 想

国际经济与贸易学院 2017 级经济学与贸易　白梦雅

天地大无限，世间任我身。
流通花海会，和入冷风沦。
志向期高远，清心洗世尘。
奈何违本意，事事总随人。

阅《人生》有感

国际经济与贸易学院 2017 级经济学与贸易　赵欢欢

何日春朝至，与君同举杯。
半溪鸳鸟集，千树细花开。
皓皓波光漾，飘飘秋叶回。
还思旧时事，蚁梦穴官槐。

春 愁

国际经济与贸易学院 2017 级经济学与贸易　张贝贝

琴客松云处，书生轩榭旁。
清风舞杨柳，明月照花墙。
都道开春暖，谁知入夜凉。
日晅尘梦远，故地恨彷徨。

世间物

国际经济与贸易学院 2017 级经济学与贸易　赵　琪

骏马能栖险，犁田不如牛。

坚车能载重，渡客不如舟。

舍长以为短，智高难为谋。

生材皆适用，慎忌百苛求。

国　殇

金融学院 2017 级金融学　李梦缘

四月硝烟起，战争催别离。

七年干戚远，千载历书移。

落日山河破，征尘心已疲。

安宁何日至，百姓有相持。

月夜行

金融学院 2017 级金融学　涂雯婷

形单潜碧滩，既望夜阑珊。

未待青阳近，先端月桂观。

淋漓三夏焱，萧瑟九冬寒。

往日苦无乐，余生须尽欢。

山　居

金融学院 2017 级金融学　李雨晴

深居竹林间，不问政多年。

暮送夕阳去，朝迎旭日迁。

芳邻相畅饮，瑾玉送华笺。

那获心中意，才消意欲煎。

故 游

金融学院 2017 级金融学 　闫佩佩

风曛飞雪絮，惜别叹良辰。

蝶戏流连意，莺啼次第新。

经年同游友，今夕独行人。

春水回眸绿，情深难再陈。

叙利亚战争有感

金融学院 2017 级金融学 　南晓宁

寒月照荒堐，硝烟空自愁。

边烽仍未息，塞马已先囚。

耄耋心犹恨，儿孙泪尽流。

眼前皆楚瑟，离乱几时休？

游清明上河园有感

金融学院 2017 级金融学 　陈一帆

正道传佳画，千秋永颂扬。

白桥连广岸，碧水荡微光。

燕榭群功献，云亭众客忙。

低眉轻浅笑，顾盼少年郎。

读《生死场》有感

金融学院 2017 级金融学 　任玥静

凡尘轻草芥，何处诉无辜。

户户闻牛恸，家家恐恶驱。

一生千户晓，一死鲜人吁。

壁立昏灯夜，孑然叹更孤。

凉

金融学院 2017 级金融学　谢华珍

草长莺飞月，正当春好时。

飕飕凉意起，瑟瑟冷风驰。

谁道春光暖？寒衣犹自披。

客居惊物候，又动故乡思。

静

金融学院 2017 级金融学　胡雨欣

热夏听蝉去，忍冬不知寒。

春风融早膳，秋月洒丘坛。

昏晓现灯盏，细风过远滩。

且休愁聚散，四季有清欢。

行徙夜

财政学院 2017 级财政学　李　琳

岁暮寒风起，空廊凝素霜。

千原无一路，十步有枯塘。

秋尽日难暖，冬来月更凉。

执箫东向看，去去不还乡。

悲与伤

金融学院 2017 级金融学　毕迎春

娇羞花易落，梦醒别离中。
流水知音少，光风霁月笼。
迷蒙秋雨过，浓淡远山同。
一曲离愁醉，浮烟满碧空。

山夜思人

金融学院 2017 级金融学　刘君伟

风起云留影，日曛山鸟鸣。
独乘江上舫，深坐到天明。
谁识时间苦，惟怜白发生。
秉心檐下立，饮酒又思卿。

皇姑屯怀古

金融学院 2017 级金融学　童广宇

寅卯皇姑叹，弹飞将帅焚。
风嚣惹烽火，悲恨聚池云。
正气生林海，枭雄灭赖盼。
应思忠骨泪，岁岁警钟闻。

春　景

金融学院 2017 级金融学　肖　洁

和风送暖阳，满载闹春光。

倦卧观花落，闲吟醉苇塘。

沙鸥栖水渚，烟树入乡堂。

绿野逐青迈，平田秀麦狂。

无 题

金融学院 2017 级金融学　宋　健

绛紫缀平野，春风吹鹿鸣。

星罗分汉界，影碎璨光营。

客路山河语，天涯白夜行。

月华流尽负，何处百年荣。

江上吟

金融学院 2017 级金融学　曹子秋

舟行江渚上，桡动客心清。

云入千层浪，霞飞半树明。

猿啼惊两岸，月近照山城。

此际乐殊绝，更添樽酒情。

惜别挚友

金融学院 2017 级金融学　周琰迪

初闻君远别，泣泣念离情。

山海人难往，缠绵泪又盈。

伤怀铜镜鉴，憔悴梦魂惊。

惟愿长风顺，相思伴客行。

游嵩山

金融学院 2017 级金融学　涂庆国

嵩峰三十六，皆在白云端。
幽兴聊还往，神奇多所观。
逍遥平昔意，汗漫此时欢。
老柏摇新翠，清香出晚磬。

随　忆

金融学院 2017 级金融学　单江龙

晕空游旧巢，微雨洒蓬茅。
栖鸟抚新羽，白牛看树梢。
桂香飘梦境，乘月夜登郊。
遥望长干里，疏林绿未交。

春　日

金融学院 2017 级金融学　杨文鸽

细柳金钟郁，枝繁草露多。
风清云姽嫿，夜静月婆娑。
攘攘人行意，纷纷鸥弄波。
妄逢新季再，日日为君歌。

灵　归

——献给《盗墓笔记》

金融学院 2017 级金融学　刘天玲

莫叹世无常，苍茫雪未央。

铜铃销断响，古刃隐锋芒。

沧海流光去，清风黑发扬。

不言终极事，共醉酒千觞。

夏 夜

金融学院 2017 级金融学　赵子昂

暮色西阳迟，余霞水影沉。

行人归院落，宿鸟返山林。

桥上还相忆，愁中空独吟。

清风抚明月，何所慰吾心。

秋 晚

金融学院 2017 级金融学　翟玉营

日落雁横秋，江枫两岸稠。

云归山欲接，风动水长流。

鼓棹渔歌晚，求闲此处悠。

红尘多况味，谁系木兰舟？

早 春

刑事司法学院 2017 级法学　胡　嵘

细雨润花香，春风助草长。

鱼儿水中戏，蝴蝶蕊中藏。

残日映杨柳，轻烟绕稚桑。

小楼听春雨，明日卖花忙。

夜

刑事司法学院 2017 级法学　王水灵

细柳随风舞，萤飞草树闲。

开窗观夜月，香气漫尘寰。

愿觅知音赏，惟余涕泪潸。

飘飘何处宿，又傍酒潺湲。

思　君

刑事司法学院 2017 级法学　廖柏熊

书生难饮酒，饮酒更添愁。

墨断巫山雨，心催夜月舟。

红颜千里去，涕泪不胜流。

何日繁芜了，同君花下游。

早　行

刑事司法学院 2017 级法学　张　淼

晨兴起北山，雪聚月光寒。

松鼠嬉林下，勤鸠唱叶端。

同行皆笑语，不觉路途难。

若渴金鳞日，且尝苦中欢。

夜　雨

刑事司法学院 2017 级法学　王嘉奇

丝丝雨作愁，皎皎月如钩。

辗转未能寐，残灯独映楼。

相思肠若绞，寸断几时休？

最是伤情处，盈盈笑语留。

纵 马

刑事司法学院 2017 级法学　李　锴

此生年少意，纵马任逍遥。

踏遍神州地，扬鞭古道桥。

红樱桃未赏，绿已是芭蕉。

候鸟归巢晚，离人月下箫。

将 夜

刑事司法学院 2017 级法学　刘定一

昨夜见明月，星河转入流。

功成平乱世，铁马踏横秋。

战火王侯去，离人泪空流。

白衣金甲在，明帝万山秋。

农家小景

刑事司法学院 2017 级法学　侯一行

炊烟入穹宇，红袂退西方。

月上澄星海，风来送晚岗。

酒阑相对坐，饭罢话家常。

愿与知音友，余生共采桑。

春日感怀

刑事司法学院 2017 级法学　李雪莹

风光逢四月，绿柳过青黄。

昨夕晚风起，今朝春意凉。

孤灯闲对酒，夜雨忆归乡。

晨起看春色，轻烟罩远方。

无　题

刑事司法学院 2017 级法学　　王心阁

寒星千户落，冷月一枝秋。

南海曾思蝶，北溪谁共舟。

晓莺迷柳径，暮鹊绕沙洲。

雾重黄花静，霜沉红叶幽。

寻禅夜归

刑事司法学院 2017 级法学　李　龙

灯下踏残雨，痴儿访梵林。

来时花未落，归去夜何深。

木李一般若，琼桃两古今。

经纶伊转见，云水本无心。

过洛阳城

刑事司法学院 2017 级法学　崔雨豪

借入洛阳东，栖身九地空。

何劳舟马动，云散万山风。

一点灵犀意，会期清酒中。

倾杯流碧海，再会月交逢。

惜　归

刑事司法学院 2017 级法学　魏培林

自是少年时，韶华莫惜悲。

长街霁烟雨，短棹脱尘羁。

笔墨璨文采，归朝世羽仪。

苍茫孤剑破，何处挽歌辞。

识金瀚有感

刑事司法学院 2017 级法学　刘占鑫

朝来懒妆扮，子骋济时才。

不念新衣绣，谁怜旧镜台。

诗书定被识，功业一朝来。

光彩与君同，瀚空共忆哉。

酒中剑

刑事司法学院 2017 级法学　余应许

暗室已千载，风雷欲逐凉。

腰悬金错刃，鞍上少年郎。

天际青云鸟，樽前美梓娘。

笑谈皆醉卧，壶内剑吞芒。

泰 山

刑事司法学院 2017 级法学　陈闪闪

闲思少陵志，卧梦谪仙游。

望远云烟重，登高细雨柔。

恰逢新绿冒，不觉破清愁。

昏晓凭山岱，又添思古幽。

烟雨江南

刑事司法学院 2017 级法学　葛婧娜

江南笼小寒，骤雨洒花坛。

黛瓦粉墙浅，丹青似未干。

行舟临碧玉，画鹢晃清澜。

欸乃声悠邈，轻船共倚欢。

登 山

刑事司法学院 2017 级法学　霍凌霄

云淡且风轻，清流阶上行。

眼前芳草绿，空际雁鸿鸣。

石径游人至，山中野兔惊。

云间一眺望，白日正中明。

春风志

刑事司法学院 2017 级法学　李　政

多道秋风劲，不知杨柳狂。

吾叹君未见，残叶落香凉。

琼宇云舒卷，沧渊水激扬。

春风非小觑，此辈岂庸常？

无 题

刑事司法学院 2017 级法学　吕　鑫

尘雨吐枝苇，残魂恼梦追。

风前长独立，堂下起幽思。

皎皎云遮月，毵毵散暮炊。

愁肠百般味，孤影奈何谁？

不 归

旅游与会展学院 2017 级旅游管理　于思钰

忽闻声自东，雨洗落尘空。

红蕊多凋殒，绿条还郁葱。

长风乱青发，柳陌叹残梦。

惟饮杯中物，仰天望宇穹。

春雨后小戏

旅游与会展学院 2017 级旅游管理　唐　朋

春晓侧无眠，帘垂满碧烟。

夜听窗外雨，点滴不成眠。

草木凝花露，鸟鸣惊野田。

花红杨柳绿，清兴出天然。

思 忆

旅游与会展学院 2017 级旅游管理　关欣冉

夜半风声起，三更灯火明。

梦中思远宦，枕上忆南征。

难料岁寒物，奈何尘世情。

何时遂良愿，同把盛名成。

四季和你

旅游与会展学院 2017 级旅游管理　黄　晋

春日炊烟里，分离各早夕。

夏炎月如洗，至此思无题。

秋处天涯日，露降晓岸堤。

冬寒光景好，雪尽后为你。

雨 夜

旅游与会展学院 2017 级旅游管理　蔡雪琦

星阑半雨时，归思一朝期。

馥馥幽香谷，时时琴瑟随。

风烟芭叶落，楼阁雪花垂。

环绕江池意，情悲不自知。

云台山之行

旅游与会展学院 2017 级旅游管理　张小宇

烟雨朦胧中，清晨同启程。

叮咚闻水响，遥看是泉明。

眼底云栖水，蓬莱石上生。

囊中虽羞涩，不枉此山行。

无　知

经济学院 2017 级经济学　董澳康

年少不知苦，寻花酒肆间。

常存泥淖里，不讳圣朝闲。

万贯家财尽，方知世事艰。

欲寻黄卷日，白发夺朱颜。

相　守

经济学院 2017 级经济学　付　艺

对镜画蛾眉，芳心一念痴。

筝弹悦君意，弦断寄相思。

梦里双飞燕，喜为连理枝。

生当相永伴，死亦勿相离。

赏春日

经济学院 2017 级经济学　郭路遥

怅冈无人语，同君赏艳春。

百花争雨露，归燕过平津。

蝶入田园侧，童嬉溪水滨。

余晖添夜色，心境已无尘。

秋夜赏荷

经济学院 2017 级经济学　李佩宁

月色穿枝过，星光伴水眠。

香随袅风散，影动碧池连。

鱼潜圆荫下，龟浮近客前。

秋风渐萧索，缃荷惹人怜。

春夜鸣

经济学院 2017 级经济学　李宗瑾

草树有睢鸠，时而驻远洲。

江流去悠悠，群鸟夜啾啾。

临水愁思涌，家书何处收。

晚春风渐暖，月下伴鸣休。

春

经济学院 2017 级经济学　刘　果

湖畔暖风吹，桃花欲压枝。

百花争妩媚，芳草沁心脾。

稚子寻黄蝶，清风得自怡。

春光渐觉好，学习正当时。

过龙子湖有感

经济学院 2017 级经济学　马园园

天光映雨来，银线落春水。

风起长林中，花开青草里。

行人裹衣过，鸟语声声起。

我欲归家门，但虚时不已。

四月天

经济学院 2017 级经济学　穆帅锋

芳菲花瓣落，嫩叶绿衣新。

执子纤纤手，游园淡淡春。

行人皆处是，好景只几鳞。

此美极甘冽，香甜与子亲。

随　心

经济学院 2017 级经济学　齐孝博

生性爱无拘，心如飞鸟闲。

逍遥山地里，畅玩白云间。

轻踏绿茵毯，垂竿碧水湾。

出门邀北斗，归去夕阳还。

那年夏

经济学院 2017 级经济学　孙　倩

夏炎人未闲，忆我少年颜。

奋笔战终考，红颜一笑还。

白驹冲隙际，往事隔千般。

又复花开日，梦回新月弯。

隐逸兴

经济学院 2017 级经济学　王博雯

雨洗浮尘净，清风黄柳莹。
星云沉碧海，金鸟笼繁城。
寂寂琴书趣，隆隆车马鸣。
多愁异乡客，望月寄衷情。

遇　见

经济学院 2017 级经济学　王　远

月中初见日，湖岸两情现。
宴中遇龙颜，却为熟人面。
不甘进帝宫，愿作双飞燕。
陌路红尘中，过山不再见。

闲　咏

经济学院 2017 级经济学　张立龙

悠亭碧栏处，清雨抚凉兰。
竹阁徘徊至，灵啾是否看。
石楼莲动展，涧影彩云欢。
寻此闲舒间，心怡意自宽。

春运会

经济学院 2017 级经济学　张梦洁

柔阳当日耀，盎意竞人间。

鹊闹蝶蜂乱，姣容叶后颜。

喧声三里绕，委泪六方关。

欲与飞冲比，得荣为院班。

戏　言

经济学院 2017 级经济学　张朋花

流灯绘晚妆，曳地戏言殇。

七彩贺平地，千金掷水塘。

戏腔台上响，君却席边藏。

不知君何在，为谁起霓裳。

思　君

经济学院 2017 级经济学　张　雪

难得一枝花，吟风石径斜。

鸟儿争艳嗅，蜂蝶舞青纱。

君子悄然去，瞬间惊世华。

琴声催鹤友，离思满天涯。

春　行

经济学院 2017 级经济学　赵　珂

墙外平湖上，流波碧玉横。

蒹葭依岸长，白鸭水中行。

竹露青阶润，荷风花叶明。

春行方正好，幽兴尽情倾。

美人吟

文化传播学院 2013 级商务秘书　毛文婷

梦里有佳人，幻然清溪畔。

颜若出水莲，貌如桃花艳。

指绕穿柔夷，红霞裹素面。

一笑貂蝉妒，眉皱西子怨。

心较七窍多，才气文姬羡。

楚楚惹人怜，娇娇扶柳纤。

素手拈红花，对镜描小山。

借得一枝梅，与君戴发间。

倏忽佳人去，惆怅满云烟。

与君初见时

文化传播学院 2012 级商务秘书学　　朱永冲

与君初见时，垂首不胜怯。

郎目含秋风，逐妾飘木业。

不觉光阴晚，芳心愁未谢。

郎如初见时，妾泪飘成雪。

春风花雨道

文化传播学院 2017 级中国语言文学　　张亚博

流风毓花蕊，逢春木嗣植。九日和光蕙，雪褪绿爬枝。①

空风游日月，飞廉穿轻堂。惊蛰人化蝶，千里逐新香。②

①毓：培育。九日：春天物候变化大致以九天为一周期。蕙：中国兰，比喻纯美。　②飞廉：中国神话中的风神。

衣宽人如织，谈笑画中驳。凭空石碎池，禺强双耳蛇。①
惶恐扶柳腰，八风乱句芒。弃花归巢鸟，踉跄云中宕。②
旦暮三替衣，鬼谲深坠疫。绮霞仙濛濛，软烟雾腾腾。③
金梅叠连翘，木槿宴兰桃。琪花只羡效，嘉树绝凌霄。④
萍翳瘦云尘，青丝沤镜泥。雨霁风作彬，头花寻足觅。⑤
九韶舞咸池，葳蕤滋欣倩。马嵬焚稿地，肃杀飞愁淹。⑥
莺韵思红杏，桑蚕噢米槐。莫解祸福瓮，弗智悲喜宰。⑦
一世零落泥，四时轮回生。窃之彭容寄，修者人鱼灯。⑧
若遇立门卿，花雨道春风。道冲或不盈，天根用不勤。⑨
天人法自然，往复无尽言。

---

①驳：颜色班杂。石碎池：形容大风像石头一样重重地砸在湖面上，波纹像被砸碎了一样。禺强：也作"禺疆""禺京"，传说中的海神、风神和瘟神，是黄帝之孙，支配北方。人面鱼身或鸟身，耳佩两条青蛇，足踏两条赤蛇（一说为龙）。 ②八风：八方之。句（gōu）芒：传说为少昊的后代，名重，为伏羲臣。死后成为木神（春神），主管树木的发芽、生长。 ③鬼谲：鬼一样奇异怪诞，形容天气变化无常。疫：传染病。指人们像得了传染病一样沉浸在春天的美景中。言春景奇丽夺人。绮霞仙濛濛，软烟雾腾腾：形容海棠花林和梨花林分别像霞、仙子和烟、雾一样朦胧美丽。绮：美丽的。濛濛：纷杂、浓盛状。软：易改变形状，柔和。腾腾：飞腾，比喻旺盛。 ④琪花：传说中生长在仙境中的花。嘉树：指仿照凡花开放的琪花。绝：断。 ⑤萍翳：传说中的雨神。云尘：云中的尘土，指雨。瘦云尘：降雨。青丝沤镜泥：雨水打落花瓣，渗入土壤。青丝：比喻雨水细密。沤：用水长时间浸泡，形容春雨连绵。镜泥：像镜子一样的泥土，指树枝上有花，地上也有花，两相对照，像照镜子一样。风作彬：雨停后，风变得和煦犹如彬彬君子。 ⑥九韶、咸池：相传均为三皇五帝时期的乐曲。葳蕤：草木茂盛。欣倩：高兴的女子。马嵬：安史之乱后马嵬之变。焚稿：指黛玉焚稿。二者都是香消玉殒，悲凉凄楚之境。肃杀：指暮春时花纷纷下落。 ⑦莺韵思红杏，桑蚕噢米槐：莺韵、蚕桑代指农历三月，此时为晚春。红杏指农历二月，为仲春。米槐：四月槐树开花，此时为孟夏。祸福瓮：祸福在瓮里，有迹可循，比喻祸福规律。 ⑧彭容：指彭祖、容成公，都是长寿之人。修者：修养习性之人。人鱼灯：即长明灯。据《史记·秦始皇本纪》记载，秦始皇陵地宫内"以人鱼膏为烛，度不灭者久之"。这里形容修者长存。 ⑨立门卿：借用程门立雪的典故，比喻问道者。道冲或不盈，天根用不勤：冲：读"盅"，杯子，表示虚空。"盈"读"逞"，穷尽的意思。天根：万物之本。用不勤：勤通"螯"，尽。出自《道德经》中"道冲，而用之或不盈"和"谷神不死，是谓玄牝。玄牝之门，是谓天地根。绵绵若存，用之不勤"。

妾本菟丝草

文化传播学院 2012 级商务秘书学　朱永冲

妾本菟丝草，君自为女萝。
春风一为媒，扶摇终有托。
阳春二三日，女萝发馨香。
菟丝夜含愁，教人却断肠。
芳心才一吐，惊走双鸳鸯。
此身虽同结，两臭实可伤。
枝叶披条翠，不及青松长。
何时结一心，朝暮共芬芳。

乙未冬月迎上合于郑

文化传播学院 2012 级商务秘书学　朱永冲

彼雏嘈嘈，彼鸟翩翩，言有良朋，我来自南。
君子攸德，豫州之音，我怀有言，大弦间间。
彼雏瑟瑟，彼鸟飞飞。言有嘉宾，我来自北。
如意之水，棠棣且美，我有衷怀，鄂柎耀炜。
彼雏喈喈，彼鸟唧唧，驾言有舆，我来自西。
言荐旨酒，君子且濡，我有衷怀，君子且居。
彼雏嗷嗷，彼鸟振振，驾言有风，我来自东。
君子攸德，以国以宁，我怀有衷，天下偕公。

猪日上坟

文化传播学院 2012 级商务秘书学　朱永冲

数九青阳动，人间百事春。桃红新换夜，犹是孝中人。
苦酒就浊饮，相逢杯更深。东风卷白日，扶摇不在尘。
猪日培黄土，青烟上帝阍。君看呜咽处，所跪皆子孙。
人生代代长，徒然劳苦辛。油盐催人老，所哀不在贫。

七言体

七绝 回 乡 （平水韵）

文化传播学院汉语言文学教研室　张玉寒

夏日回乡局促中，村园人少草笼葱。

才惊童稚初长大，又见旧邻成白翁。

七绝 自 嘲 （平水韵）

文化传播学院文学通识教研室　陈世杰

老马经年难识途，青烟过眼夜屏孤。

东西弟子如相问，一片雄心在酒壶。

七绝 野 行 （平水韵）

文化传播学院文学通识教研室　陈世杰

径幽谷陡野花鲜，时有游鱼乱静渊。

长恨楼台不近水，任他春雨闹前川。

七绝 遣 怀 （平水韵）

文化传播学院文学通识教研室　陈世杰

情到深时反转薄，心超物外念何多。

北邙脚下今朝水，南月来明旧日波。

七绝 咏 菊（中华新韵）

文化传播学院文学通识教研室 陈世杰

枯茎瘦蕊抱香魂，烈火焚烧涅此身。

历尽劫波根蒂在，秋来依旧吐芳新。

七绝 百半光阴（中华新韵）

文化传播学院文学通识教研室 陈世杰

诗趣梅开二度毕，文坛依旧待佳期。①

故人戏问新来瘦，百半光阴白发急。

七绝 剩 女（中华新韵）

文化传播学院文学通识教研室 陈世杰

潦倒磕膝足又蹒，年来诸事尽酸寒。

却将巾纸人前送，独自小窗抹泪帘。

七绝 梦回高考（中华新韵）

文化传播学院文学通识教研室 陈世杰

年来肢痛步沉沉，近事模糊往事亲。

娲女补天何处是，一宵寒梦再图新。

---

① "诗趣"句：指作者《中国诗趣美学》《诗趣美》两次出版。"文坛"句：指作者《文坛拍案》一书 2000 年交稿，仍然静候出版。

七绝　枣农吟 <small>（中华新韵）</small>

文化传播学院文学通识教研室　陈世杰

又是一年叶落时，心忧枣贱意迟迟。
南疆八载披星月，天道酬勤痛反思。

七绝　横空只雁 <small>（平水韵）</small>

文化传播学院文学通识教研室　陈世杰

峭壁平川放眼量，横空只雁独彷徨。
早年失却双飞伴，人后人前被短长。

七绝　犬心犬意 <small>（中华新韵）</small>

文化传播学院文学通识教研室　陈世杰

耳鬓斯磨狂互亲，人逢犬事笑相闻。
相随原是心思旧，热烈皆因情喜新。

初夏黄山探胜十绝句 <small>（平水韵）</small>

文化传播学院汉语言文学教研室　崔花艳

一

三春都在小园看，初夏始成黄岳行。
弥漫水田铺画布，翠微如梦暮烟轻。

二

萦绕平生学仙梦。今朝有幸入仙山。

杜鹃粉白湿轻雾，缥缈莲花客思闲。

三

雨从烟树落，云自袖间生。

满目含烟翠，时闻山鸟鸣。

四

城里浑如一日度，山中岁月灿华年。

皆言五岳绝天下，游过黄山始信仙。

五

雨湿千林寒翡翠，峭崖绝壁畏攀缘。

黄山佳处知何在？西海云楼醉客魂。

六

十日黄山九风雨，树添葱翠水潺潺。

丹霞莲蕊皆羞涩，故放烟云满碧山。

七

微雨沾衣湿轻氅，淡烟覆谷似仙间。

拾阶拄杖攀云翼，时有路边松鼠顽。

八

挥臂相招迎远客，飞岩壁立翠荫浓。

只因昔日才名著，遍种漫山迎客松。

九

行人拄杖还频歇，愁叹莲花不可攀。

轿椅沉浮云径上，声声"吭唷"步多艰。

十

未睹杜鹃花漫野，亦无日出海云流。
才逢一脉黄山景，已足向人夸胜游。

七绝 春 去（中华新韵）

文化传播学院 2017 级中国语言文学　冯月阳

柳絮随风飘欲尽，暖阳斜照碧流长。
匆匆犹未品春意，群鸟先着夏日装。

七绝 早春有怀（中华新韵）

文化传播学院 2017 级中国语言文学　杨　柳

东风料峭雨阑珊，陌上春红姹欲燃。
已是梧桐浮紫蕊，何时玉树绕青鸾？

参观台儿庄有感

文化传播学院　王长江

七十九年炮声骤，为国奋勇杀敌寇。
大运河边军号急，残阳如血凯歌奏。

三潭印月

文化传播学院汉语言文学教研室　李　莹

鱼影闲逐湖中湖，荷香浅醉小瀛洲。
三十三颗明月心，映澈深潭千丈幽。

遇三叠泉瀑布

文化传播学院汉语言文学教研室　李　莹

劲松巉岩频招手，清风徐徐拂面来。
道逢三叠最相亲，一泻千里奔入怀。

戊戌夏日归乡有感

文化传播学院汉语言文学教研室　杨　晴

小园自好有氤氲，暑雨霜花起笑声。
数点又阴儿不语，待得晴昼伴清风。

秋雨漫步龙子湖畔

文化传播学院汉语言文学教研室　杨　晴

涟漪相误若为情，坠木潇潇枉作泥。
暮色波惊树实落，寒风卷幕雨湿衣。

感遇西柏坡

文化传播学院汉语言文学教研室　沙家强

仲夏冀中百草荣，沐浴坡上一抹红。
滹沱阅尽峥嵘月，守四方兮祭先公。

咏骨笛

文化传播学院汉语言文学教研室　沙家强

仙鹤一去又丙寅，笛声缭绕醉吾心。

葬眠千古游人瞻，尔吾孰为嵇康音？

清明访春有感

文化传播学院秘书学教研室　沈云霞

匆匆春去春又回，蜂闹蝶舞惹人醉。
迎风沐雨寻芳踪，踏草看花不忍归。

寄七夕

文化传播学院秘书学教研室　沈云霞

秋风秋水秋色重，黄叶黄花黄酒浓。
皎皎明月谁与共，悠悠清笛寄梧桐。

浮　萍

文化传播学院秘书学教研室　沈云霞

池塘一夜春风起，纤纤浮萍聚又离。
遥盼红叶霜满地，惟有相守无转移。

南湾行（四首）

文化传播学院秘书学教研室　沈云霞

赏　雨

烟花迷离三月天，桃李争春展笑颜。
卿本桃源种桃人，微雨闲游小江南。

游园

风轻云淡绿水边，竹篱村舍菜花间。
蜂蝶悠然舞翩跹，耕者信步游茶园。

采茶

湖边山间野人家，桃花杏花又菜花。
微风拂过花雨下，卿自茶园忙采茶。

游湖

烟水浩淼浪花飞，湖光山色频争辉。
波涛卷起雪千堆，一任长发凭风吹。

秋窗抒怀

文化传播学院秘书学教研室　沈云霞

昨夜疏雨袭寒窗，伏案耕读初觉凉。
忽闻京都传捷报，满室秋风作暖阳。

和黄檗李忱瀑布

文化传播学院秘书学教研室　沈云霞

　　灯下备课，偶想起曾经和黄檗李忱二先贤瀑布联句，随录之：《黄檗李忱瀑布联句》："千岩万壑不辞劳，远看方知出处高。（黄檗）溪涧岂能留得住，终归大海作波涛。（李忱）"黄檗乃高僧，李忱系帝王，二人联诗，自是千古佳句，令人仰望。在下不揣浅陋，以粗鄙文字与前贤唱和，敢是冒天下之大不韪了。

　　源自山巅气自高，一泻千里如虎啸。

灵花异草朝夕伴，何须大海作波涛。

秋 雨

文化传播学院汉语言文学教研室　张玉寒

一夜潇潇风又雨，窗前落叶看纷飞。
丝丝凉意沁心骨，笑劝行人早授衣。

自题小像

文化传播学院文学通识教研室　陈世杰

红颜如月有圆缺，碎萍一池冷秋野。
昨日种种心深种，梦断江南芳踪绝。

咏水杉林

文化传播学院文学通识教研室　陈世杰

虬枝铁干伟岸貌，丰薮密林列阵奇。
但酬平生凌云志，何屈男儿黄金膝？

醉夜寻友不遇

文化传播学院文学通识教研室　陈世杰

入秋连月阵风阴，都市井蛙鼓噪频。
有雨漆黑千障路，无茶蔚蓝一席倾。

贫女吟

文化传播学院文学通识教研室　陈世杰

衣到穿时方恨少，时趋新款总迢遥。

感君常念粒米苦，犹自旧裙掩楚腰。

行　舟

文化传播学院文学通识教研室　陈世杰

行舟江海万事囤，一叶随波任西东。

气傲岂能达到地？若无航向总逆风。

清明即景

文化传播学院新闻教研室　贺晓宏

郊原绿茵间柔桑，车马络绎向北邙。

青烟散尽声渐歇，数峰无语立斜阳。

南京大屠杀八十年有感

文化传播学院新闻教研室　贺晓宏

昔时烽火遍神州，与子同袍有木兰。

今朝海晏河清世，闻鸡起舞若等闲。

游黄柏山①

工商管理学院 2006 级工商管理　高　博

清明细雨草益新，春笋破土迎来人。
无忧湖畔桃花艳，黄柏山中春色深。②

游金刚台③

工商管理学院 2006 级工商管理　高　博

雨后初晴金刚台，曲径杜鹃迎风开。
青山远眺云低处，一树红花映春来。

念故人

文化传播学院 2012 级商务秘书　朱永冲

片叶疏疏未转青，犹肯单衣试晓晴。
三月剩寒风易碎，一笺故人问清明。

无　题④

文化传播学院 2012 级商务秘书　李艳科

十年迷离今朝醒，疏烟淡日寂寞城。
东风吹尽旧时梦，犹忆素手弄秦筝。

---

①黄柏山：位于信阳市商城县。　②无忧湖：位于信阳市商城县黄柏山。　③金刚台：位于信阳市商城县。　④读秦观《满庭芳》所作。

春

文化传播学院 2013 级汉语言文学　卢金金

风轻日暖鸟声稠，溪水潺潺春意柔。
碧柳舒枝花竞放，雁歌一曲信天游。

太行山行

文化传播学院 2013 级汉语言文学　左胜彪

中原西北入太行，云雾仙山占四方。
飞穿龙道数百里，豁然终至晋中央。

春

文化传播学院 2013 级汉语言文学　杨换欢

暖意今年偏来早，烟花春色一并交。
不辞盛夜难禁曙，龙马精神比日高。

忆阡陌

文化传播学院 2014 级汉语言文学　赵慧娟

秋花零落仍余香，旧日雁回啸声长。
故地重重长阡陌，谁知荒草几次黄？

大河之南

文化传播学院 2014 级广告学　张玉剑

梅汛已过秦淮岸，云雨横至豫北天。

最是中州好风景，沃野千里是桑田。

思故友

文化传播学院 2014 级秘书学　高雪梦

高楼望断情方尽，雪处深埋踪难寻。
梦忆昔时同苦乐，来年只盼再逢君。

夜　读

文化传播学院 2015 级秘书学　段思悦

一夜遍吟唐宋词，句句入目化成痴。
世间安得两全法，且见且知修禅思。

感春伤怀

文化传播学院 2016 级秘书学　董乐乐

清雨一霄抹春痕，繁花消落碾作尘。
最难留守是春色，教室小窗看黄昏。

瘦桃花

文化传播学院 2017 级中国语言文学　樊荣雪

孤影清辉皎月归，瘦桃终日厌芳菲。
既偷夜色隐花面，还借微风送己飞。

雨夜感怀

文化传播学院 2017 级中国语言文学　孙高华

雨滴梧桐秋夜寒，孤灯独对思华年。

青春已逐落花去，空有余情泪潜然。

夜半凭栏有感

文化传播学院 2017 级中国语言文学　孙高华

半生风雨半生愁，残梦青灯独倚楼。
柳色如烟春意满，红尘落寞一沙鸥。

荷

文化传播学院 2017 级中国语言文学　刘　想

泼墨翻云菡萏斜，狂风急雨骤相加。
何忧花期多磨难？此生开尽最韶华。

元旦有感

工商管理学院 2017 级市场营销　李　锋

人去冬来草泛黄，草疏天旷两茫茫。
同窗皆似归家去，独坐山冈看晚阳。

望月思亲

工商管理学院 2017 级市场营销　彭　欣

月藏云外映疏影，独倚高楼倍念亲。
不问晴空阴雨日，但求明月照家人。

思 乡

工商管理学院 2017 级市场营销　张金泉

月色昏朦夜幽长，孑身在外断愁肠。
梦中故里时时至，日出平添泪两行。

无 题

刑事司法学院 2017 级法学　高明辉

一日步尘林下中，万般无奈已成空。
何时重拾九州志，不负当年月倚风。

春风十里

刑事司法学院 2017 级法学　李梦雪

微风暖煦春光泄，细雨纷纷万物苏。
粉蝶戏蜂长相伴，桃林十里杏千株。

赞变革

刑事司法学院 2017 级法学　宁鹏杰

阴霭重重出日难，茫茫大地众生苦。
雷鸣闪电斗苍穹，石破天惊新万户。

七律 二月十五日宝泉①探胜 (平水韵)

文化传播学院汉语言文学教研室 崔花艳

二月十五日，与诸师友前往宝泉访春。此间有千仞绝壁，碧潭飞瀑，水随山势，盘旋曲折，车行所见，颇惊人眼目。途中访八路军战地医院，走陈赓将军抗战小道，忆往昔峥嵘岁月，感彼时革命豪情。于峡谷中玩水赏花而后归，聊作小诗，以记此番胜游。

东风二月春芳好，迢递驱车访绿川。
壁立千寻染重翠，涧流九曲入灵泉。
众人披草循遗迹，将士奇功锁暮烟。
掬水弄花人去后，飞龙玉女尚留连。

七律 立春次日晨起湖上行 (平水韵)

文化传播学院汉语言文学教研室 崔花艳

板桥霜尽知风暖，湖上冰残带夜凉。
满地芦花笼寒色，一池春草染鹅黄。
人来处处惊凫鸟，路转时时起鹭行。
一旦春归花事了，此间风物断愁肠。

七律 吊屈子 (平水韵)

文化传播学院 2015 级汉语言文学 赵谞鹏

众品国殇观毅志，独怀往古上层台。

———————

① 宝泉：是乾隆御赐"泉盈水灵"之地，有双龙瀑、见龙瀑、跃龙瀑、飞龙瀑、玉女瀑等十大瀑布。

庄公拒谏终亡子，妲己传谗竟惹灾。

沧浪濯缨空怅惘，绿醅醉世自徘徊。

沅湘水畔龙船渡，两岸空夸楚俊才。

七律　校园春晓（中华新韵）

文化传播学院 2015 级秘书学　张建华

图书馆外少行人，水皱风微日色曛。

檐角飞禽仙翅暖，湖边垂柳翠条新。

老翁持剪裁芳叶，少女凭栏望碧云。

独向教楼寻宝座，闻说天道只酬勤。

七律　春思（平水韵）

文化传播学院 2016 级秘书学　李捷欣

似醉娇红映暖河，弱枝新柳舞婆娑。

沐花微雨缠青柳，戏水柔风荡碧波。

半盏香茶春意暖，一帘胜景物情多。

冰心莫把春心误，道是人生梦几何。

七律　凤城四月天（中华新韵）

经济学院 2017 级经济学　马嘉豪

飞沙走石迷人眼，雾霭笼天拂面寒。

尘土卷帘摧玉柳，湖光暗涌起狂澜。

西风飒飒寒犹在，春雪霏霏暖未安。

细雨还敲油纸伞，夜深轻叹路行难。

秋末携母游香山

文化传播学院汉语言文学教研室　刘亚美

久居黄河二十载，北上帝都一度秋。
天高云淡横孤雁，似水柔情向故洲。
千帆阅尽人已老，百年多病惧登楼。
飒飒红叶知人意，化作乡音慰母忧。

无　题

文化传播学院汉语言文学教研室　刘亚美

又逢金鸡唱春来，不觅新妍和风开。
晨起怀抱小儿娇，昨夜胸罗万事裁。
南城负笈千里遥，中原行卷无人睬。
忽见燕尔双栖阁，临风忍泪上高台。

偶　感

文化传播学院汉语国际教育教研室　刘鹏昱

一言文学笑煞人，谁做痴呆谁作嗔。
文章经国落笑柄，掩卷耳闻锣鼓声。
伤叹菜根琵琶泪，梦断临川牡丹魂。
从来遍地是道场，人生如戏戏人生。

春日雨后抒怀

文化传播学院秘书学教研室　沈云霞

东风有意绿神州，春雨无声润新柳。

携竹荃，执轻钩，野外寻芳觅清流。

闻说西山风光美，人间罕有如仙境。
天蓝蓝，草青青，漫江碧波弄花影。

河南财大赞

文化传播学院秘书学教研室　张同钦

中州自古多俊才，而今黉门更堪夸。①
旧识回望念来路，新知前瞻接无涯。
杏坛耘者自勤勉，学林维凤亦清雅。②
合当登临望龙桥，扯来虹霓舞彩霞。③

贺杨翁之恋

文化传播学院文学通识教研室　陈世杰

2004年第一位华人诺贝尔奖得主者、82岁高龄的科学家杨振宁先生在北京迎娶了当年28岁的广东外语外贸大学翻译系硕士班学生翁帆，全球媒体一片哗然。

二八佳人八二郎，高标再创诺贝奖。
劝君莫奏前朝曲，听唱新翻杨家将。
莫道日挂桑榆晚，满天夕照试红妆。
遥想洞房花烛夜，满头梨花盖海棠。

---

①黉门，古指学校。　②杏坛，相传为孔子聚徒讲学的地方，现指教书授人之所。　③望龙桥：郑州龙子湖高校园区有望龙东桥和望龙西桥，均取望子成龙之意。

望龙亭

文化传播学院汉语言文学教研室　赵　华

金秋时节望龙亭，无限风光收眼中。
宋街一条贯古今，潘杨两湖水相通。
山中龙凤蹁跹舞，水上鹅鸭逍遥行。
更喜风中傲霜枝，铁骨铮铮似包拯。

台儿庄有怀

文化传播学院汉语言文学教研室　钟彦飞

八十年前兵戈地，虎欲狼贪贼横行。
蕞尔岛国欲吞象，跳梁倭寇逞顽凶。
但悲生民入冰炭，堪叹黎元倒悬中。
四亿同胞共仇忾，三万忠骨入荒冢。
残阳尚存烈士血，笙歌未掩恸哭声。
前尘未定犹可论，莫将家国付虚梦。

清月夜步韵怀友①

文化传播学院汉语言文学教研室　钟彦飞

古道远芳今又侵，飘零老友念旧林。
陋几枉负一片月，斗室不堪长苦吟。
清辉难暖愁孤客，寒枝可栖慰霜禽。
千里得君风骚句，离思如线萦我心。

---

①原诗《寄友人》：城头登高离思侵，倦鸟东归栖暮林。昔日胜友独不见，今朝佳句难再吟。赴利熙熙攀龙凤，逐名攘攘做兽禽。往来无人信风骚，可怜谁为表文心？

雾锁京师

文化传播学院汉语言文学教研室　钟彦飞

京师雾霾渐重，日色暗淡，不见风物，颇有猪刚鬣逞妖高老庄之感，不揣浅薄，步师尊原韵呈和一首，聊为解颐。

雾锁京师昼难明，每忆当年秋日晴。

鬼怪纵施遮天手，金刚不闭怒目睛。

迷途总见儿辈入，大道仍有大人行。

信有天风扫妖氛，还我乾坤一气清。

台儿庄行

文化传播学院汉语言文学教研室　姚萌萌

孔孟兴于东太行，千古斯文继世长。

天水东流泽城庄，商贾络绎一时旺。

风云作色霹雳起，淫掠戾火引战场。

尸横魄散屠倾城，狼心若揭举世惶。

家亡国破何所望，仲谋志连威名扬①。

绝案捐躯身当弃，挽肠杀敌慨而慷②。

哀兵孤愤图存亡，血肉水火莫国殇。

泪和忠骨化黄土，恨无来日逐寇强。

厚土不负中华志，云开雾散旌旗张。

开门言笑视友邦，怒目相向灭豺狼。

---

①仲谋志连威名扬：指当时抗日将领，国民革命军二级陆军上将孙连仲领导抗日的丰功伟绩。　②挽肠杀敌慨而慷：指颜醒吾挽肠杀敌的英雄事迹。

蝼蚁妄言吞巨象，国耻族恨毋相忘。
往来悼者告英烈，猎猎红旗震八方。

夜半读魏晋

文化传播学院汉语言文学教研室　姚萌萌

夜半曙色无鸡鸣，卧榻斜曛魏晋风。
名士位高纵才情，盛世小民难任性。
朝暮年岁悬于顶，和衣坐卧达五更。
忍将勤勉度日月，未得无为拂镜清。

咏桐柏山

文化传播学院新闻教研室　贺晓宏

大别一脉淮水源，莽莽苍苍桐柏山。
蛙鸣十里逐溪远，梵音百年飘云间。
英雄逐鹿硝烟尽，经典传奇众口传。
太白峰巅何由达？追步摩诘隐终南。

咏云台山

文化传播学院新闻教研室　贺晓宏

中原佳景有云台，赤霞深谷何壮哉！
夜雨晨歇绝微尘，云遮雾绕隐青黛。
七贤旧踪何处寻，子房遗迹应犹在。
碧潭飞瀑暂惜别，鸟鸣花影梦中来。

刘公岛感怀

文化传播学院新闻教研室　贺晓宏

刘公岛上炮声远，断桅残锚锈迹斑。
泱泱大国败敌寇，纵有忠魂难回天。
严霜方现劲草节，积弱乃因女主贪。
英烈玉碎青山伴，丑类苟生臭万年。

七　夕

文化传播学院新闻教研室　贺晓宏

斗转星移又一载，银汉迢迢弹指间。
非是鹊桥可相会，皆因前世有情缘。
一夕欢愉复别离，嫦娥辗转难成眠。
情天恨海茫无涯，桂影婆娑月宫寒。

无　题

文化传播学院新闻教研室　贺晓宏

红尘悠游四十载，回首来路总茫然。
春花秋月等闲度，塞北江南魂梦牵。
醒时论道骋纹枰，醉后采菊卧东山。
刘郎蓬山可期否？暮鼓晨钟松风寒。

沙场点兵

文化传播学院 2016 级秘书学　李树豪

雄师百万志清高，利剑含光耀九霄。

跳丑难容天地灭，何须华夏动兵刀。

醉扶金甲同仇恺，醒笑犀杯异蜮悄。

鼙鼓一声震四海，宇间何处起波涛？

戍 关

文化传播学院 2015 级秘书学　王　雪

玉门关外笛声寒，孤雁啼飞忆长安。

枯叶随风流水去，止戈一舞祭轩辕。

青丝漫漫白发染，天涯陌路何日还。

恨别离时风向晚，月半时节永难圆。

春 思

文化传播学院 2015 级秘书学　刘　煊

浮华似锦又一稔，竟相别离泪雨纷。

燕子空衔枯木枝，柳絮如雪寒冬门。

碧水一解素霜恨，金鲤再跃玉镜嗔。

岁入勃春发意气，万里犹有我故人。

春日微雨

文化传播学院 2015 级秘书学　余尚红

正逢节时雨纷纷，天清云淡草色新。

雨落微湿似润面，风吹不寒如拂巾。

花开笑靥微含蕊，叶染翡翠几度尘。

偶遇倩影人独立，踯躅低吟候佳音。

夜访凉风亭有怀

法学院 2017 级法学　张静熙

柳陌银屏雨意萧，夏荷冬蛰故人遥。

朔光又照黄藤木，栏角还寻古石桥。

四季斑斓新月白，裙腰生熠待晨朝。

寻寻觅觅寻非得，暮暮朝朝忆赤霄。

相　思

法学院 2017 级法学　卢艳玲

红妆倦客韵残霄，灰月痴人倚玉雕。

醉里横秋花弄影，寒中绕水雾吹箫。

黄昏但见云笼月，寂寞偏愁雨打蕉。

莫问清心几度笑，断肠皆是在蓝桥。

待　归

国际经济与贸易学院 2017 级经济学与贸易　董崔艳

丝竹琵琶心绪乱，清风明月锦城单。

荷塘垂柳待归客，画舫佳人愁夜寒。

醉困犹书诗卷满，晓昏独对烛花残。

流年细品温如玉，素手空持青玉盘。

归

国际经济与贸易学院 2017 级经济学与贸易　郑文婷

梅染芳林初雪霁，乌云隔月树摇光。

对襟几度饰颜色，粉黛三番巧着妆。

卷尽珠帘棋自弈，独挑残烛酒初尝。

归期未语妾羞问，窗下还书五更凉。

雨中银杏

金融学院 2017 级金融学　连静鸥

拆金作骨光为痕，揽月成华格自新。

秋气初生寒宿鸟，灵花飘落逐行人。

露沾柳叶重颜色，雨打芭蕉掩翌晨。

久处红尘还复净，霜风独立意逾真。

夜赏牡丹

金融学院 2017 级金融学　李　爽

两盏孤灯映人面，一轮皓彩更含羞。

楼空宇静月凝瓦，竹曳花摇星近楼。

鸳鸟不群岂固如，牡丹成片已佳优。

怎忧弦断知之少，自有高风出众流。

寻　春

金融学院 2017 级金融学类 170502 班　党民洋

一袭青衫两鬓秋，童心未泯不知忧。

清晨踏露寻花柳，向晚观星觅斗牛。

醉览辞章吟古韵，痴书翰墨写新愁。

春来雁呖撩人意，世外云山唤我游。

春 眺

金融学院 2017 级金融学　杨雯戈

高宇香屏绿未休，芳华初盛客心愁。

绯红渐染桃花岛，翠柳烟笼池上楼。

半绾青丝如瀑下，剑芒微疾月成钩。

浅妆清酒拂衣袖，悠忽诗情绕水流。

春

金融学院 2017 级金融学　储琼玉

春明湖畔柳依依，文秀河边花满枝。

桃李争妍露芳蕊，惠风和畅漾涟漪。

絮飘天际稚童喜，蝶入田间游者随。

二九年华当正好，何愁来日不能期。

闺 怨

金融学院 2017 级金融学　李浩博

窗外蝉声透碧纱，绫罗玉枕泛光华。

旧残楹墨谁人问，远黛飞霞无力搽。

闺阁珠帘摇曳动，鲛绡锦缎最宜夸。

萱蓬不掩门前路，永望故人归故家。

思 乡

金融学院 2017 级金融学　阴晨露

细雨孤灯落叶黄，风来瑟瑟断愁肠。

寒秋北望家山远，孤雁南飞魂梦凉。

心事无端多块垒，安身有命自平常。

鸿飞不坠青云志，人在他乡念故乡。

春

金融学院 2017 级金融学　张晓蕊

山抹微云浮翠色，飞花逐水梦舒长。

残冰销尽冬初逝，绿柳扶风春正行。

双燕归来寻旧户，青泥衔去结雕梁。

韶华处处流芳满，复醉家乡好景光。

春游古道

金融学院 2017 级金融学　张　晴

古街深巷绕砖路，糕摊蹄声清水洼。

谷雨细芽生草木，紫罗翠叶坠枝丫。

丝烟缥缈遮楼厦，梦野依稀远市哗。

欢犬伴人多笑语，羡春随住即为家。

无 题

刑事司法学院 2017 级法学　刘彦均

少年小憩屋庐中，门外桃花燕子吟。

忽见佳人颜色好，真成绝世莫能寻。

无双窈窕惊鸿舞，幽意远情流水琴。

天梦一朝终觉醒，独留欢喜一人心。

桃花岛记

刑事司法学院 2017 级法学　黄鑫磊

箫声乍现绿荫丛，巧遇顽童暗授功。
北丐适逢来助阵，争锋较劲不言中。
东邪设计把题试，武略文韬样样通。
莫道郭兄愚且钝，真诚仗义伴蓉终。

草

刑事司法学院 2017 级法学　胡耀宇

冰霜历尽换新装，遁迹荒山小道旁。
无意沽名争绝色，甘心铺路送清香。
行人践踏身犹健，野火焚烧志未央。
碧血满腔酬大地，天涯何处不芬芳？

雨夜行

刑事司法学院 2017 级法学　吕浩楠

秋风萧瑟雨偏冷，几盏残灯夜已深。
雨落屋檐惊旧梦，花飘满地染衣襟。
相濡以沫耳边语，无奈江湖失彼心。
难忘清时锦年日，可嘲年少稚童音。

春日感怀

刑事司法学院 2017 级法学　任星雨

春意迟迟吹绿水，绮罗香暖满晴空。

轻莺翠柳携春至，飞燕雕梁迎暖风。

野径花开拥香玉，芳丛春色半青红。

无情最是枝头雪，轻易飘零细雨中。

情 伤

刑事司法学院 2017 级法学　许成林

辗转无眠引旧伤，天涯海角总牵肠。

寒窗瘦影听风久，冷月孤魂托雁忙。

世事弄人当泣血，相思化泪懒梳妆。

落红满径香犹在，春水东流梦一场。

自写春联

财政税务学院 2015 级财政学　理凌云

真称应景草实凋，火树银花不得消。

翠饼尘生因久弃，管锥毛落再相邀。

敢成千古追颜鲁，且拟三间效板桥。

满眼神州多喜乐，开怀不啻尽闻韶。

过 年

财政税务学院 2015 级财政学　理凌云

结彩张灯夜复晨，欢歌酒宴敢辞频。

碰杯递箸陪常客，燃炮观花共左邻。

和顺一门添百福，平安二字守双亲。

夷愉日日俱年节，哪计家家是富贫。

迎春游

旅游与会展学院 2017 级旅游管理　李晓怡

刺骨寒风渐远去，晴明暖意缓来临。
百川嫩蕊含芳露，十里黄莺送好音。
初发碧空晴正好，未料云日突归阴。
虽然细雨当头下，怡畅悦情仍我心。

春不及君

旅游与会展学院 2017 级旅游管理　柴孟丽

正值人间四月天，无边春景惹人怜。
披衣嫩蕊香初减，携手落英飞满天。
欲以清风寄思念，却邀明月至君前。
多情明月映孤影，思念难言夜难眠。

诉　情
——念陆游与唐婉

旅游与会展学院 2017 级旅游管理　涂珊珊

花开艳丽木亭下，侧转回眸暗愫醒。
喜结佳缘同枕眷，意欢愿遂共门庭。
奈何伦理孝为先，滕酒刺喉情意冥。
雨落花残空咽泪，钗头凤断自凋零。

于君说

旅游与会展学院 2017 级旅游管理　蒋璐璐

那年花舞月长圆，百鸟争鸣乐自然。

一日三音扰人意，一悲一喜动人怜。
长江万里常欢笑，人世年年得两全。
自古多情多自恨，而吾只道爱君坚。

春 行

经济学院 2017 级经济学　赵哲慧

春风煦煦百花艳，翠柳萋萋绿胜蓝。
碧水涟漪生雾霭，灵山秀色笼清潭。
天清日照风云继，雏鸟声啼婉转谈。
此日轻歌心荡漾，溪光风色两相涵。

妖猫情

经济学院 2017 级经济学　安　楠

马嵬之驿宴叟孩，欲显兴隆唤客来。
隐士酒池抛醉笔，仙家幻术恍明台。
霓裳魅魅压群玉，白鹤飘遥陷女灾。
只是台前争得语，甘心血肉换花开。

思 君

经济学院 2017 级经济学　陈宏达

碎雨无情徒壮岁，望之明觉昨然非。
颜光日减柳花落，庸世不明轻雪飞。
笛响惊蛟泣嫠妇，琴声舞凤唤神妃。
来时若有相逢日，一碗断肠君莫违。

春

经济学院 2017 级经济学　樊东东

天上九阳权势盛，田中小麦欲求生。
忽而春露自天降，便作琼浆向地倾。
意远时时藏翠雾，湖深处处荡歌声。
山藏人迹人藏色，水映柳枝柳映清。

忆

经济学院 2017 级经济学　冯佳琦

仲夏雨蒙长夜爽，秋光万里临沙场。
揽头乌鹊莅疆地，抚柄龙泉试剑芒。
石器轻狂擒猛虎，舞戈不暇逐天狼。
四荒风去出经济，年少相携笑帝王。

枭雄

经济学院 2017 级经济学　顾天乐

风泉满奏北隅池，松月生凉圣影池。
万里凰飞天地变，百年龙志九霄离。
倚弓仗剑辟疆境，常唤苍龙落世危。
燕戟归魂留恨去，江山三起伴君谁？

初游记

经济学院 2017 级经济学　郭宇诗

春迎鸟回草木生，莺啼燕语踏歌声，

夏盛风暖花羞谢，林动蝉鸣懒起行。

秋意渐凉心戚戚，枫红碧漾景云情。

冬霜寒夜轻莲转，玉蝶纷飞喜气迎。

梦江南

经济学院 2017 级经济学　韩珂欣

微风拂拂透窗棂，细雨丝丝纸伞倾。

老巷古琴声婉转，空山烟霭伴莺鸣。

青瓷碧涧笼轻雾，龙井清香悦众情。

款款佳人望明月，小桥流水夕阳平。

记春登山

经济学院 2017 级经济学　李　科

晚逐轻车携故友，东风得意且同游。

复登梯踏三千步，直上云霄百尺楼。

穷目依稀江水入，雾云缭绕只闲悠。

忽闻阵阵暗香至，疑是西人却自羞。

春日夜雨无眠

经济学院 2017 级经济学　李　新

细雨初停林更幽，乱山同我一般愁。

芭蕉碎玉声才断，新月催蝉鸣不休。

人寂静时高处望，天凉只道似穷秋。

怎堪身瘦寒风劲，况复隔帘悬玉钩。

游中原有感

经济学院 2017 级经济学　宋荣会

我本故乡在黔地，心倾雄鹿自常期。
各方英杰中原聚，鹿死谁手竟未知。
旷野风轻飞白鹭，波心日暖起涟漪。
我来欲蘸黄河水，狂写西南十万枝。

为伊倾心

经济学院 2017 级经济学　王雨露

绿意青葱缀旧荫，忽传暖意乱郎情。
今朝幸见伊人笑，往日相思一念平。
莫怪少年钦慕意，只缘红粉一心倾。
吾怀皎皎如明月，哪惧寒风雪地行。

寻良人不遇

经济学院 2017 级经济学　韦娇娇

桃花年少欲怀羞，对影贴妆凭翠楼。
明镜湖滨迟人迹，西阳斜照弄清眸。
绫罗玉腕临风叹，翠羽红妆凭槛愁。
向晚更盈情意切，相思红豆唯相求。

雨中愁

经济学院 2017 级经济学　杨　妮

石斑桥下低低答，花间柳堤密密麻。

大雨淋漓非我目，一厢旧梦扰心笳。

听风吹笛断情思，望宿痴思伤断涯。

裙衩所思成往忆，游人天放自由斜。

重阳感赋

文化传播学院 2016 级秘书学　李树豪

宁古荒居记重阳，北雁西风更凄凉。①

白衣送酒今何在？恐笑青娥懒梳妆。②

高士不赴梁园宴，只乞亲族得日长。

登高凭栏茱萸笑，江柳萧萧染夜霜。

望乡台上清笛怨，陶潜堂中菊花黄。

芦花纷乱惊蟋蟀，夜秉香烛暗寻香。

剑歌行

文化传播学院 2013 级广告学　王雪纯

序：昨夜梦金戈铁马，豪鼓竞鸣，乃宋金战于淮北。为首汉将隽逸傲勇，偶然若神人，问之，乃历城稼轩也。记金老曾云："侠之大者，为国为民。"予寒窗十载，时有混沌，行渐庸懦，感辛郎英风侠气，是夕再燃慷慨志。因为长句，歌以吊之，兼励己身。凡七百字上下，命曰《剑歌行》。

回眸靖康耻未远，漂杵血流中原陷。

父老长亭凝泪眼，尽眺江南长淮断。

指画山河登临处，哀鸿吟断长天暮。

观势燕山青锋砺，但思有朝投衅起。

纵马长驱虏尘散，志复万里河山还。

揭竿啸聚风云变，扬眉出鞘三尺剑。

---

① 宁古句：宁古为流放地。　② 白衣送酒：指晋王弘遣白衣使送酒酬陶潜的故事。

震臂一呼二千人，血誓马革裹尸身。

投附耿京掌书记，追斩义端刀马疾。

奉表归南异变起，安国弑主绝恩义。

豪侠一怒发冲冠，邀集死士五十骑。

马作的卢箭霹雳，万里北返赴戎机。

龙泉振处苍穹裂，刃影如浪衣浸血。

策马闯营扬缨缕，帅帐觥筹惊脱手。

案倾盏碎尽惶然，道是英雄一身胆。

杀气纵横生寒风，谈笑如入无人境。

仗剑敌营擒叛逆，惊煞金兵五万余。

复树旌旗拥万夫，南归夜拈金仆姑。

壮声英概懦士起，天子一见三叹息。

谏疏频上欲挽天，《美芹》《九议》尘封去。

千古飞将遗恨久，下中李蔡却封侯。

刚拙难为世人容，七遭弹劾久闲居。

白衣自可为卿相，却将卿相贬白衣。

君王可顾天下事，金阙几时当思贤？

整顿乾坤经纶手，而今潇湘对残酒。

征衫别酒送朝天，视草莫忘遣筹边。

春去风雨消几番，自比画檐蛛网缠。

少时风华正葳蕤，为赋新词强说愁。

如今不信别有愁，只叹天凉好个秋。

苦笑渊明停云处，平戎策换种树书。

挑灯看剑闻角声，梦回沙场秋点兵。

愁肠殢酒神黯然，醉来望雁响空弦。

琵琶呜咽繁华歇，千古兴亡云烟灭。

男儿到死心如铁，还当试手补天裂。

仰首一片伤心月，何人能将连环解？

长门几度负佳约，目断关山路已绝。

说剑论诗颇堪哀，狂歌醉舞独伤怀。

山园闲置二十载，英年壮志尽蹉跎。

华发渐将青丝换，鸾镜暗里改朱颜。

忧愁风雨度流年，独念人事底亏全？

三呼杀贼含恨逝，声啸僧堂泣离魂。

风流谁堪伯仲间，太白酒剑诗千篇。

江山代有豪侠者，丹心碧血青史客。

墨香剑气千年远，侠风铁骨万世传。

千古一侠当不朽，英风吟啸傲轩辕。

中国远征军①

文化传播学院 2014 级广告学　张玉剑

十万青年十万兵，誓死血染中华情。

立马横刀滇缅路，怒江不逝孤魂声。

老泪褴褛拭不去，飞天苍虎已驼峰。

回眸难见松山红，秣马血鏖夺腾冲。

此去已是七十整，马革裹尸未留名。

起经为何有渭泾，兄弟难分血水浓。

远征男儿真气概，堂堂正正中国龙。

述　怀

财政税务学院 2015 级财政学　理凌云

廿一述怀

廿载唯唯为饱安，殷殷学步效邯郸。

---

①2014 年，距滇缅保卫战腾冲战役结束已有七十年，七十年过去了，我偶然听得七十年前的英雄们仍有人滞留在异国他乡，1949 年之后他们没能去台湾，也没能回到国内，但无论历史怎样走向，他们一直都是中国人，都是中国的英雄儿女。谨以此篇献给那群即将逝去或已经逝去而又未能及时回归的人民英雄。

几人遂了青春梦，百折方知老大难。

恍惚任凭愁下酒，竭疲偏有泪中欢。

齿增避得几多事，真假还须冷眼看。

廿二述怀一

不辨身前假亦真，伴狂涕泪更无因。

长歌一叠阳关曲，忍别三生楚佩人。

夜雨惊心伤往事，繁花入眼愧良辰。

相逢低首言辞拙，却有相思入梦频。

廿二述怀二

常笑无知稚子心，哪知年壮更沉吟。

一身反侧几呓语，廿载存留俱哑喑。

喜见行人脱苦海，愧无明烛向书林。

想来多少真情意，且待三番酒后寻。

廿二述怀三

营营役役竟何成，强借欢颜意自横。

报国未曾经万死，解嘲真个有重生。

回旋亦只输天算，蹭蹬何妨作井鸣。

几度人间伤往事，信知泪尽已无情。

有风无雨却为春，未至登高也怆神。

耳聩岂知窗外事，途穷甘作井中人。

新诗最苦题前句，病体堪惊纸上尘。

闻说郊田春更好，新亭蜀乐总沾巾。

词

定风波　萧瑟书生（词林正韵）

文化传播学院汉语国际教研室　刘鹏昱

夜半悠游酒色泠，依稀前事总关情。冻彻玉沙飞琼树，如絮，弟兄长啸踏歌行。　　廿载岁华如转瞬，谁问？蠹书愁黯向新晴。自从翠娥分别去，孤倨，盈怀萧瑟一书生。

采桑子　秋日抒怀（词林正韵）

文化传播学院秘书学教研室　沈云霞

深秋木叶多萧瑟，云也轻轻，柳也青青，碧水泓澄如梦清。　　重阳不得登高处，高阁林亭，幽径徐行，一曲轻歌谁可听。

天净沙　秋　山（词林正韵）

文化传播学院秘书学教研室　沈云霞

长空旭日朝霞，火枫清露黄花，草径炊烟暮鸦。秋云如画，四时山野芳华。

踏莎行　大　雾（词林正韵）

文化传播学院秘书学教研室　沈云霞

烟锁重楼，雾弥径路，杏园渺渺知何处。白云绿水笼轻纱，清明时节微风度。　　千种愁思，万般忧虑，惝然车驾犹行步。东西南北未分明，中州大地朝如暮。

浣溪沙　一夜小楼梦不成 （词林正韵）

文化传播学院秘书学教研室　沈云霞

一夜小楼梦不成，卧听万马似悲鸣，又闻军阵寸心惊。　　晨起隔窗多怅惘，漫天黄叶野风生，离离丛菊露华清。

一剪梅　秋　霜 （词林正韵）

文化传播学院文学通识教研室　陈世杰

窗外金花①正吐芳，永昼清香，永夜清香。疾风卷叶满天飞，课上添衣，课下加裳。　　忍看笑颜挂冻霜，翻手文章，覆手文章。几番辗转漏更长，寐也凄凄，醒也惶惶。

卜算子　自　嘲 （词林正韵）

文化传播学院文学通识教研室　陈世杰

本是红尘人，偶过烟霞渡。怅望清斋半壁书，枉我千银贾。　　功名起田畴，汗滴辞黄土。胡溜诗文三两行，暂慰劳心苦。

如梦令　兴　忆 （词林正韵）

文化传播学院文学通识教研室　桓晓虹

曾忆长河竞渡，兴尽不归薄雾。携伴更知春，驻看丁香嗔怒。飞趣，飞趣，风起无边迟慕。

---

①金花：金黄色菊花，又称金英、寿客、黄华、秋菊、陶菊。

鹧鸪天　欲绝燕翎风 (词林正韵)

法学院 2016 级法学　张　淦

隔窗望天泪沾裳，一湖明净又增狂。心儿缥缈无归路，情去魂飞何处藏。　　潇潇雨，雾茫茫。人间几度话凄凉？云来风起微波醉，鱼梦莲塘独自伤。

蝶恋花　冬　景 (词林正韵)

工商管理学院 2017 级市场营销　郭凯煊

竹立松闲梅正俏。白雪飘时，炉火青烟绕。梧叶随风吹又少。阳乌黯黯诗情杳。　　楼阁亭台天欲晓。彩蝶飞来，处处皆欢笑。冬景更比春景好。谁言乐事三冬了？

一剪梅　记　念 (词林正韵)

文化传播学院 2017 级中国语言文学　焦键鑫

梦里醒来泪滴裳。所为何事，黯黯神伤。追思往事忆朦胧，彼在何方？可诉衷肠？　　减尽芳华草亦黄。惟有相思，心里深藏。万般愁绪绕心房，独倚栏杆，自话凄凉。

诉衷情　夏 (词林正韵)

文化传播学院 2017 级中国语言文学　韩世英

骤风夜雨闹西楼，落叶小扁舟。初凉总携新夏，散几缕闲愁。疏旧恨，展眉丘。醉方休。星垂四野，钟止鼓歇，虫语清幽。

现代诗

九 月

文化传播学院秘书学教研室　马春光

九月是一堵披着黄泥巴的墙
一些人翻墙而过，站在
新学期操场，另一些
隔墙而望　穿着松散的碎花衣裳
九月是时光隧道里的一道光亮
在夏日的黑暗里直通秋之蔚蓝
开始，抑或结束，下一个冬夏
永远在那里等候，不急不躁

九月是秋叶将落未落的一种心情
秋的阴谋从傍晚开始，而正午
依然维护着与夏日的恋情
听，秋风催促树叶的哗哗声

九月是海子的琴声呜咽
是里尔克的孤独，张枣的
春秋来信，穆旦的昨日悠悠
顾城高高举起的斧头

九月是一场隔世的梦，
混淆了阳光之黑与雪花之白
模糊了白发先生与红颜女生
九月，欠每个人一个来生
呵，九月，可能既不是开始
也不是结束，舞台上依然

有小丑在演出，你在台下
把一枚硬币握出了温度

初　夏

文化传播学院秘书学教研室　马春光

布谷鸟的四弦琴掺杂了此起彼伏的鼾声
你站在树的高处斑驳的叶影中
晃动的不是阳光
是欲望

一阵骤雨袭来抽打着虚胖的夏天
杨树叶舞动多么丑陋
风雨中一对情侣搭肩而行
像是在悼念渐行渐远的昨天

清晨，大杨树的身体留下伐木工人的伤口
你在晨光下穿过晨光炫了你的双眸
是不是在那个同样的窗口
也有一棵树，一个同样的伤口

傍晚穿过广场残阳燃烧着
呼喊着要烧出一个火热的盛夏
广场一角那个曼舞的翩翩少年
随风奔跑朝向操练太极拳的白发先生

蜉 蝣

文化传播学院广告学教研室　刘立丰

你的存在

一对美丽的翅膀

在朝露的闪光中飞舞

在雷电的边缘游荡

你梦到太阳的炙热

却在晚霞中独自悲伤

在星光中折断羽翼

还来不及向月亮哭泣

一个人消失在黎明的薄雾里

太阳即将升起

你的存在永远是个秘密

北 国

文化传播学院广告学教研室　刘立丰

东北的晨雾

向北飘散

凝结在北国的杨树林

纯洁如北国的圣女

北国的村落

在雾中隐现

时而有升腾的炊烟

时而有孩子的梦魇

北国的小学

堆着灰色的积雪

干瘪的皮球

在寒风中唱着曾经的儿歌

北国的场院

秋收的玉米

几只灰色的麻雀

几头懒洋洋的毛驴

北国的小屋

擦了一遍又一遍的茶几

一台黑白电视机

旱烟伴着开水的热气

北国的人们

有些在风雪中劳作

有些在地下休息

有些在远方回忆

财大雨后有彩虹

文化传播学院汉语言文学教研室　孙宝灵

下午的急雨洗净了天地

晚霞伴着暮霭

还有雨滴

与西天的晚霞分庭抗礼的是东天的彩虹

她一头钻进学校南门的钱眼里

节操碎了一地

那烂漫的落红是她揉碎的灵魂吗

苍翠的绿林默默不语

我　愿

文化传播学院汉语言文学教研室　李　莹

我愿

每天都能看到你温暖笑容

我愿

风雨袭来时有我为你遮挡

我愿

与你一起承受生命之重

我愿

与你一起分享云淡风轻

我愿

陪你一起看夕阳云霭

我愿

陪你一起赏花好月圆

我愿

和你同食人间烟火

我愿

和你共醉山间清风

我愿

时光永远停驻

我愿

岁月蹉跎无痕

只要你在我身边

就好

悼霸王

文化传播学院汉语言文学教研室　李　莹

如果你是霸王，

我愿做你的虞姬，

我知道你已穷途末路，四面楚歌，

我愿陪你一起从容赴死，笑傲苍天，

我愿陪葬你和你的梦，

用我的羸弱身躯和残缺爱情，

还有我全部的尊严和骄傲。

如果你是霸王，

我愿做你的虞姬，

你是我今生最美的传奇，

你是我今世最仰慕的英雄，

不管人们如何说你刚愎自用，

说你嗜杀成性，

在我眼中，

你永远都是铁骨铮铮的热血男儿，

金戈铁马，纵横驰骋。

如果你是霸王，

我愿做你的虞姬，

在我最美的年华遇见你，

用我一生一世追随你，

用我的刻骨柔情陪伴你，

陪你经历人世的风霜刀剑，

陪你沐浴战场的血雨腥风，

即使零落成泥，香消玉殒，

我也今生无憾，

因为我曾是你唯一的爱恋！

距 离

文化传播学院汉语言文学教研室　李　莹

世上最遥远的距离

不是生与死的距离

而是达摩克利斯之剑将要落下时

却无法用怜悯和泪水拯救你

世上最遥远的距离

不是无法从死神之手拯救你

而是明明付出了所有的热情与真诚

却依然无法走进你的心里

世上最遥远的距离

不是心与心之间的千山万水

而是自以为已到达幸福彼岸时

却突然发现那不过是秋水伊人的幻觉

世上最遥远的距离

不是相知相守的不易

而是生活的琐碎庸常

已磨去了青春的棱角随波逐流

世上最遥远的距离

不是迷失自我的悲凉

而是心中虽然仍有诗和远方

却已失去了启航的勇气和自由

世上最遥远的距离

不是我与梦的距离

而是明明参透了人生就是一场梦

却依然躲在大雪纷飞的季节写诗不愿醒来……

飘雪的下午

文化传播学院文学通识教研室　余尚清

飘雪的下午

为自己斟一杯热茶

慵懒地蜷缩在暖暖的被窝里　浅饮

看雪花在空中轻盈地翻飞

空气中弥漫着寂寞的味道

一些淡淡的相思

一些幽幽的心事

便在心中升腾

想记忆中的那场大雪

想茅檐前挂满的冰凌花儿

想儿时的小伙伴

想越走越远的故乡

想穿梭在自己生命中的友人

想一切一切生命的过往

想念的时候

灵魂和雪花一起舞蹈

心灵的天空和这个下午一样潮湿

但没有流泪

想念是自己心中的一份温暖

飘雪的下午

感谢雪花给了我一个诗歌一样的记忆

那是一片难言的情绪

文化传播学院文学通识教研室　陈世杰

尽管已经滔滔不绝

但我们并没有交谈

虽然还没有相见

但你却越走越远

走吧　走吧

把过去交给蓝天

留给我

慢慢翻看

孤 独

文化传播学院文学通识教研室　陈世杰

孤独是一段明媚的往事
孤独是青葱岁月里一个难忘的名字
我常用微薄的薪水
换一壶酒在杯中孤独
听心跳从剧烈尔后平缓尔后重又剧烈

孤独是落日楼台一笛风
孤独是留得残荷听雨声
孤独是一星如月看多时
孤独朋友相约斟满美酒
想不起合适的举杯话题

孤独是仰望蓝天时的片刻失忆
孤独是凭窗静坐时的那份凝滞
孤独是置身喧闹人海中时的一帘幽梦
孤独是一面镜子
孤独是一把梳子
孤独也是一把筛子
常常在静静的午夜
与任何一种无眠的姿势
悄然相伴

醉酒时候

文化传播学院文学通识教研室　陈世杰

醉酒的时候

勃发出与生俱来的反叛
在酒精飘香的领地里横行
为所欲为

被酒精奔放出的思想很美
无论该说的还是不该说的
统统倒干
然后升华出大义凛然的快感

被酒精浸泡过的姿态很美
卸下面具
忘乎所以地赤裸
哭、笑皆成天然

醉酒的时候常常失态
酒醒后方想起
失态　不愿再失朋友

酒之韵

文化传播学院文学通识教研室　陈世杰

少年不知酒之性，
小口进，大口进，
劣酒美酒统统一口吞，
醉笑东倒西歪人。

中年常思酒之魂，
向人饮，对鬼饮，
清酒浊酒恣意浇愁心，

痛到酩酊放悲声。

老来方知酒之声，
细细品，慢慢品，
敬酒罚酒一概侧耳听，
酿得朦胧写酒韵。

史诗精神　中国梦想

——党旗下的中国

文化传播学院汉语言文学教研室　姚萌萌

有一个古老的国度叫中国，
春秋的硝烟曾经弥漫六合，
始皇的威严题写了封建帝国统一的匾额，
丝绸之路启航在她的南端，
盛唐气象昭示着她的气魄，
她的文明穿越地球，
她的辉煌雄踞世界堪为巨擘，
——这是有着厚重历史的中国。

然而，封建帝国的没落，
使一个曾经强大的民族苟延残喘、日趋衰弱，
列强入侵，王朝覆灭，大国的存亡牵动了世界
风云变色，时代聚焦，历史定格
——自强不息的民族在拼搏，
中华自强之路被先辈们用鲜血和生命探索，
——这是高扬着党旗的中国。

在飘扬着党旗的中国，

南湖船头谋划救国之策，
井岗山上燃起星星之火，
共产主义信仰撑起万里长征不朽的巍峨，
遵义会议确立革命胜利的思想内核，
中国共产党的壮大，成就了一个
——全新的中国。

从此，斧头、镰刀与五星的红旗，
飘扬在有着复兴之梦的中国。
党旗下的中国，
经受过战火的淬炼，
跨越了世纪末的改革。
在马列主义这条道路上，
我们走出了中国特色：
经济腾飞、科技发展、以法治国，
特区经济引领内陆，
人民过上了小康生活。

历史的篇章一页页翻过，
党旗下的中国，
新世纪的挑战与机遇带来历史性的变革，
在新世纪的蓝图中，
改革是党旗下挺立的火把，
点燃社会发展的新引擎，
引领新常态下的经济发展规模；
改革是坚强有力的舵手，
用司法公平与正义，
坚定守护社会主义航船的巨舵；
改革是党旗下的如椽大笔，
描绘出中华文化新名片，

挥就社会高速发展中的绿水青山，锦绣江河。
党旗下的中国，
是与时俱进、锐意革新、
　发扬传统、日新月异的中国。

这个中国，用事实证明
——工农与五星的红旗巍然屹立在东方的世界，
中华儿女的美好向往在世界发展的版图中
永远光芒闪烁，
这个中国，向世界宣誓
——共产主义的历史不会终结，
社会主义的伟大事业生生不息。
这个中国，
矢志强军，誓在强国，
这个中国，
人民幸福，民族自信，
时代篇章载起史诗精神，
中国梦想承托社会改革，
灿烂的文明在党旗下继续书写，
千年的历史在时代的蓝图中传承不辍，
这是中国共产党的辉煌史诗，
也是中华民族的鸿篇巨作。

这个中国，
是在未知的历史隧道中探求光明的中国，
是在世界发展的大潮中不懈求索的中国，
这个中国对未来的谱写，仍将气壮山河。

致言十七

文化传播学院文学通识教研室　桓晓虹

秋风伴着落叶

黄昏和着香蕊

孤独的身影映着斜阳

在寂寞的花间拉长

静寂的芬芳

禁不住生出丝丝哀伤

别怪我

将美丽的错误隔离

别怪我

口出幼稚的狂语

将那热情冰冻化泥

别怪我

吼出怪调

讨得你皱眉的惘迷

别怪我……

只因我们年轻

幼稚该向成熟驶航

只因我们年轻

热情要向未来奔放

只因我们年轻

要用现在陶铸才良

只因我们年轻

莫要浸在那美丽的愁伤

沉　醉

文化传播学院汉语言文学教研室　崔花艳

桃花未开

柳色未新

春城飞雪

沉醉微醺

这一片飞雪

点燃了那片思念的沙漠

那大漠孤烟

那长河落日

那马上琵琶

那葡萄美酒

我沉醉在这唐诗里的春天

这一片飞雪

唤醒了那埋藏多年的诗情

那蒹葭苍苍

那关关雎鸠

那静女其姝

那一日三秋

我触碰了那《诗经》中的爱情

这一片飞雪

抹去了那等待千年的苦痛

那北方佳人

那一顾倾城

那罗袜生尘

那翩若惊鸿
我看到了那跨越千年的美丽

这一片飞雪
酝酿了那无边的落寞和惆怅
那欲寄彩笺
那山长水阔
那一川烟草
那满城风絮
我读懂了那宋词里的哀愁

春日迟迟，采蘩祁祁
漠漠水田，阴阴夏木
落霞孤鹜，秋水长天
天寒岁暮，朔风飞雪

这一片飞雪
带来了一年四季的诗情
你在我的视线里
我在你的诗篇中

海棠花开

——写给南开海棠花

文化传播学院汉语言文学教研室　崔花艳

又是一年海棠花开
又是一年春来到
是谁用妙笔点染
是谁又掀开记忆的篇章

在清清的溪水之畔

在桃花飘飞的季节
又是谁梦到了
那年的海棠花开

你有世上最美的容颜
你有世上最娇羞的姿态
你悄悄地在枝头
吐露第一缕芬芳

耳畔的清风
夜空的月光
谁不曾遇见你的美丽
谁不曾拂过你的面庞

清晨的鸟鸣
午后的暖阳
谁不曾爱慕你的芳华
谁不曾沉醉你的绽放

时光不停流转
青春依然美丽如诗
图书楼前的仙子
宛然是初见时的模样

季节不断转换
春天还是惹人沉醉
又看过了几场花谢花飞
又数过了多少月升月降

春雪初至
你在枝头娇艳如花

春雷初响
惊起了埋藏四季的惆怅

你有世上最美的容颜
你有花中最娇羞的色彩
黄昏独坐
思念在风中悄悄生长

不知道春风怎么染绿了草地
不知道你的内心如何锦绣芬芳
空气中处处弥漫着清香
花影中都闪耀着青春的荣光

我嗅过清晨那甜蜜的春风
我看过这世上最纯真的笑脸
我倚过这世上最美的花树
我醉过这世间最醇的佳酿

你在枝头静静绽放
你让三月的校园芬芳如诗
你在枝头笑靥如花
你让三月的春天醇美如酒

有多少人留恋花间
有多少人如痴如醉
有多少诗句摇曳在风中
有多少时光为你而停留

我记得初相遇时的惊喜
记得内心的欢笑和片片飞花
记得清风吹来，落花成阵

记得漫天芳菲和蝶梦悠悠

我记得你月下的清容
记得寂静的深夜你浅淡的笑容
记得暗香浮动
记得海棠依旧

我记得那个春天
记得清露晨流
记得新桐初引
记得相思永不停休

我记得那片繁华
记得漫天的云霞
记得黄昏的落日
记得时光静好，细水长流

我记得那满树的芳华
记得那漫天的飞雪
记得你树下的轻尘
记得那香染的衣袖

为你采集清晨的露水
为你采撷午后的清风
为你涂抹西天的晚霞
为你斟满昨夜的月光

一夜春风唤起了尘封的过往
一场春雨记起了昔日的芬芳
海棠花开
流水成觞

屠杀与救赎①

文化传播学院2017级中国语言文学　丁思雨

我倒在克拉科夫污浊的雪地上
头骨碎裂脑浆迸溅
我的血和如我一般的幸运儿的交织在一起
无人过问血红的土地与满地的尸体

我投入集中营围墙电网的怀抱
剧烈颤抖　化为灰烬
我看到铁栏内一双双无神而充满渴望的眼睛
无人过问营房内滚滚的浓烟与挣扎的灵魂

我们紧紧相拥默默祷念
求您宽恕我们的罪过
如同我们宽恕别人
主啊　我们的神　我们终将归于您

你走了②

文化传播学院2016级秘书学　陈婧婧

是什么
拨动心弦
就在无意间

---

①灵感来源于电影《辛德勒的名单》与小说《我的名字叫红》。　②高二那年暑假的一个夜晚铭记了让作者永生难忘的一刻——奶奶之死，作者亲眼看着那个曾对自己一家无比苛刻的奶奶慢慢咽下最后一口气。而后一个多月忙办丧事的过程中，作者又再次深刻领会到人性的复杂。几年的时光闪闪而过，而回忆仍旧那样清晰。但此时再回首往事，一切属于假恶丑的疯狂都不过是残存在昨日的一片烟云。作者还是在惦念着美好，觅寻着宁静，祈盼着好多个可以一起失眠的明天……

是这热烈的情吗
要燃化眼中的火
快熔尽心间的冰

是那癫狂的雨吗
无耻地冲散阳光
呼唤集聚的阴灵

闪电撕裂伪虚的面具
雷霆言中注定的别离
可我只当是稀离的梦
直到——
那脆弱的胚胎
破碎在现实的怀里

落寞的路灯下
疲盲地动一动脚
偶尔
抚一抚面颊的发丝
吹一吹风
看一看头顶茫然的天空
抬一抬眸
瞥一瞥在月亮的心尖儿
正偷偷发着芽的树梢
望一望远方熙攘的人群
那未走完的路

还记得啊——
当微雨洗涤春风的时候
我们也曾一起
想嫩嫩的杨树丫

青青的柳叶环
柔柔的桃花雨

当惊雷翻滚夏空的时候
我们也曾一起
想薄似纱的蝉翼
朦胧的萤火
梦幻的红蜻蜓

当枫叶染红秋水的时候
我们也曾一起
想金闪闪的屋顶
五彩的泡沫
花白的霜冰

当飞雪漫过冬阳的时候
我们也曾一起
想干冷的银河
乳白的月牙
烂漫的繁星

可你走了
我终明了——
原来葡萄藤会枯萎
郁金香会凋谢
一切都将心死如灰
无止境的痛
正无止境地蔓延
已没有尊严
心大把碎在路边

真是漫长的一夜

风吹远了

云渐散了

无情地折射这——

树的光秃

地的荒芜

无穷的夜空里

满是忧郁的颜色

你看啊你看

你走了

而我还停在这里

顾盼流连

日影还在忽闪忽闪

摇晃窗棂

古老的院墙外

又爬满了槐花香

但你——

已永远地走了

或许此刻的我

只能欣慰地想

还好还有好多个明天

可以一起失眠

路①

文化传播学院 2016 级秘书学　陈婧婧

满身的泥泞

---

①秋冬交际，家乡的路正在被慢慢翻修，望着曾经陪伴过一代代远去的家乡人的柏油老路将要褪去作者熟悉的模样，变为普通的水泥公路，作者的心头上顿时别是一番滋味……

任人们踩躏
只一直
送一代又一代
远去

风卷走片片沙砾
磨损你的新衣
却抹不去
你的蜿蜒和挺立

十二月
大雪弥漫
抚摸你的嶙峋
一如往昔

只是
雪依旧是雪
路
还是路吗

寄不出去的信①

文化传播学院 2017 级中国语言文学　陈柯颖

许是梦深，长街安静
旋落一朵千重葛
纠着一粒蝉的清鸣
摊开掌心
青葱的是记忆

---

①突然而至的毕业季，使我明白离别将至，那些一起走过的青春年华，只有留在斑驳的记忆中。

我以年华
写这一封无效信
倏尔流星
晕染山河墨迹
相遇如应鹤翎琉璃

不忍别离
看花旋落枝头我无处寄许
终是明悟
眼泪是过往斑驳的慰藉
未来还有
别样恢弘壮丽

这封无效的年华信
没有地址
没有邮戳
寄向十八岁的你
不觉梦醒
晨露渐稀
枕上已一片湿迹

最 好

文化传播学院 2017 级中国语言文学　程心如

离开
是最好的存在
存在
是最好的离开

忘记
是最好的记得

记得

是最好的忘记

最好的我们

变成最后的我们

不是不喜欢

因为那是我对你最后最好的保护

忆惜往[①]

文化传播学院 2015 级广告学　初龙侠

不愿抽离的空白

刻意忽略的未来

迷失在空旷的心海

即使知道会离开

还是飞蛾扑火像深爱

为你跳入寒潭是心甘情愿

哪还怕坠入万丈深渊

如果离开是为了新的遇见

光为什么要出现在黑暗

不如不现

只会更暗

雨落雪至年复年

心未曾改变

终于明白

出现是唯一

相遇离开是随机

①回忆年少情感。

你撤回的手不会再递
我遗失的心再找不回
不如忘记
消逝光里

好坏美丑
嗔痴①情仇
都归于回忆

在光辉灿烂的摇椅里
我不知道是否还会忆起
曾经迷失的自己
和模糊在指尖泛黄相册里有一个你
因为，爱再无随机

鸟

文化传播学院 2017 级新闻传播学　邓玉瑞

在这黄昏里
鸟在雨中飞翔
雨滴打湿它的翅膀
法国梧桐笔直地挺立着
雨水让它发出闪闪的墨绿色的光
鸟飞上法国梧桐的树梢
发出清脆的叫声
这鸟鸣静了我久久浮躁不安的心
若是有来生

---

① 嗔痴：男女因爱产生的嗔怒和痴恋情感。

我要化作一只鸟

在雨天时飞翔

在黄昏里歌唱

夜

文化传播学院 2017 级新闻传播学　邓玉瑞

我追逐过多少个夜晚

在起风的晚上

我自由地翱翔

亲吻月儿的脸庞

用指尖轻触月晕淡淡的光

听星子诉说那古老的神话

在那天际在那银河在那无尽的夜里

我翩翩地起舞

轻轻地歌唱

随着清风的节奏

和着虫儿的夜曲

单是月光，单是轻风

单是那夜的微凉

就足以让我欣喜让我沉醉让我疯狂

哦夜啊我是你的孩子

听着你唱的歌谣

我无尽地遐想

静待时间轻落我的肩上

我不喜欢你，而是深深深爱着你

文化传播学院 2017 级新闻传播学　黑莹莹

我不喜欢你们总是说着我不爱听的谎话；
我不喜欢你们已经白发苍苍却还是说着我不老；
我不喜欢你们总是以妥协我为争吵的结局；
我不喜欢你们总是为了我的生活操碎了心；
我不喜欢你们双手起茧却仍为生活操劳；
我不喜欢你们总是用自己的肩膀撑起一个家。
我爱你在看到自己喜欢的东西时流露出的喜悦。
我爱着你青春如花，身穿艳丽的裙子或精神抖擞的西装，
或许我更爱你青春的心态。
我更爱你们多为自己想一些，
这不是因为我不再需要你们，
而是你们的生活同样是我所爱。

街

文化传播学院 2017 级新闻传播学　胡光杰

一条街蜿蜒地延伸开来
我在街的这头，你在街的那头
小小的一条街
划破了梦的长空
短短的两端
彼此却站成了岸
这一年
爱的春风将我刮向了街的那头
第一次到了你家门口

久久伫立
月光与灯光相互交织着
你的影镶嵌在那扇百合窗里
突然间
街灯在唯美的夜色中歇息了
微风揉碎了的月光
泛起了波浪
陶醉在柔和的月光里
街渐渐地变短了

星空下
浮起了一座桥
如清晨湖面泛起的波
隐隐约约，曼妙轻舞
大地轻扣宁静的门扉
世界入了幽深梦魇
一切都熟睡了
下一刻
你，我是否在街角相遇
你看看我，我看看你
踏着熟悉的街道消失在了黑暗里

成　长

文化传播学院 2014 级汉语言文学　　胡慧欣

珠胎暗结的
你是哪种毒
微尘整齐地刺碎

穿透
惶惑的眼眸望着的
服毒的扭曲的你

看不见的河流
你将带走哪一片云
和云里的哪一叶孤舟

长满青苔的躲迷藏的幽暗墙角你带走
惶恐的向上望的起始点你带走
假面绣满珠翠骄傲的你带走
融化的灯遗憾错过的你带走

无处追寻的它从哪里起始
治愈的结着暗痂
无可奈何的整齐
真理是否喜欢官殿
它也许对荒野甘之如饴呢

如今的河流不是那时的河流
没有尽头的路是没有尽头的毒
寻不到脚印
只听见渺远的钟声

醒　来

文化传播学院 2016 级广播电视学　黄钰文

夜晚
编织了摇篮
哄我入眠

阳光绿荫
还有你明媚的侧脸
谈天迷途
心亦怦然

白昼
唤醒了世界
扰我清眠
灯光墙壁
还有我空荡的房间
失落知返
辗转不安

梦里梦外
不愿醒来

我会给这个世界留下怎样的痕迹

文化传播学院 2016 级广播电视学　黄钰文

我生活在罐子里
那里面什么都没有
但收得到 Wi-Fi 信号
让我得以保持与外界
星星点点的联系

好奇
如果有天我死了
你什么时候会收到消息
你是否会赶来悼念

想了很多种可能：
通过家人
通过我们共同的朋友
通过网络
或者我登上了报纸
通过一传十十传百的遗憾和悲伤

但是我只会静静死去
没有什么轰轰烈烈需要铭记
而你可能根本不会知道

我最怕的是一语成谶
或者水波归于平静
罢了敲击水声
最后
永远没有最后

葬礼　每日举行

文化传播学院 2016 级广播电视学　黄钰文

姥姥说：
"相册回头你拿走，
我死后不会有人要的。"

有天
她生前珍视的相簿会被丢入火焰
照片中的笑脸渐渐扭曲
融化成黑灰
捂鼻唾弃谩骂

是他们收到的最后反馈

可照片中已逝的人再逝一遍又有什么关系呢
我为什么会觉得痛苦

姥爷走的时候
他的东西大多被烧掉
手表是我偷偷藏下的

我假装他还在世
假装感受得到脉搏
假装他只是出门散了一个很长很长的步

姥爷哪
你把表落在我这了
你忘记时间了吧
你该回家了

留　住

文化传播学院 2015 级秘书学　姜　博

我想留住一个春，最后我留住了一片旧花
我想留住一个夏，最后我留住了光影刹那
我想留住一个秋，最后我留住了叶上白露
我想留住一个冬，最后莹莹白雪在我手里融化

我把春天的花做成了标本，夹在书里
我把夏天的光拍成了照片，挂在墙上
我把秋天的露水储存，等一个雨夜，一饮而尽

我把冬天的雪遗忘，说，后会有期人间一趟

念九中①

文化传播学院 2017 级中国语言文学　焦键鑫

梦里含着泪醒来，
为何难过得厉害？
是思念？是离愁？
而或痛心的爱？

许久未曾回去看看，
选一个明朗的晴天，
我终于再一次站在门前。
刹那间，思绪万千。

寒窗苦读书山路，
三载漂泊学海舟。
起初沉浸心灵来，
后来满载回忆走。

那个时候的我们还很懵懂，
歌哭欢笑还在记忆里朦胧。
如今天各一方，
好想留住你们的笑容。

我们带着记忆离开，
亦当满载归来。

---

①九中：郑州市第九中学，作者高中母校。

再见复何时？
梦中相问泪满怀。

梦回故乡

文化传播学院 2015 级秘书学　李苗苗

银装素裹的冬
给土胚房披上了一件华美的外衣
两排的杨柳不再柳絮飞舞
枝丫上挂着摇摇欲坠的新雪
黛瓦上挂着长长的冰凌
走近
一群孩童在石桥边玩耍嬉戏
红扑扑的脸蛋在白雪的映衬下越发可爱动人
故乡的石桥啊
是人们吃饭消遣的娱乐场所
是正月十五闹元宵的场所
是清明时节碰鸡蛋的场所
是某位小姑娘进不了家里在那写作业的场所
……
忽然耳边传来阵阵悦耳声
原来是全副武装放学回家的孩子传来的笑语欢声
是游子归家过年的全家喜乐声
是母亲叫嬉戏玩耍的孩子回家吃饭声

我听到了妈妈的声音
年轻时的妈妈声音真好听
看着妈妈走近、走近
牵着年幼女儿的手从我身边走去

我伸出手去牵母亲
可是留不住
我用哭声呼唤：妈妈、妈妈
最后声音嘶哑了也无人回应
我去追那一大一小的倩影
可是寸步难行

午夜惊醒涕泗横流
梦中的一切仿佛就在昨天
可是回不去了
故乡的石桥被修路时覆盖了
故乡的玩伴长大了
故乡的母亲不再年轻了
……
一切看似变了
但是我爱它的心没变
那片故土是我永远的家
是我永远的牵挂
我是它永远的孩子

遇见最美的年华

文化传播学院 2016 级秘书学专　李　蓉

人生初见，
缘聚花开，
浮花浪蕊，
共邀，等你在财大。

顾眄流盼，

穿越人海遇见你；

财大之畔，

乐赴，最美年华的唯美相约。

在这里，

壮志必酬，

九万里凌云之志任你抒；

怀才响遇，

千古才情奏响千古绝唱；

高山流水，

龙子湖畔遇知音！

行走财大，

共颂学海最美的缘由。

星辰华筵，

是他的夜。

风箫鸾管，

沧笙应和他的旋律。

似水流年，

我们相拥最美的年华。

若如初见，

遇见最好的我们！

莫负春光

文化传播学院 2015 级秘书学　李树豪

一

春天的柳树

一天一变样
柳叶以肉眼可见的速度生长
柳条以肉眼可见的速度发青

春天的花枝
一天一变样
昨天还一枝独秀
今天就百枝齐放

春天的河边
春天的校园
春天的人间
一天一变样
错过了今天
又要再等一年

二

春天一定是坐火车来的
载着一车皮一车皮的花
卸满全途
但我不要春天的花海
我只要你
在我面前托腮

三

我们去赏花吧！
花期短暂
不要让春花错过赏你的芳华
白来人间一趟

我们去赏花吧！

我喜欢开在你头顶的花枝

可以肆无忌惮地狐假虎威

傲视群芳

我们去赏花吧！

我喜欢落在你肩上的花瓣

让你拥有名副其实的香肩

春天下了一场花雨

只为了搭上你的双肩

我们去赏花吧！

年年岁岁花相似

但人这一生

能看一百次春天

也是奢侈

给你的祝福

文化传播学院 2014 级秘书学　李伊星

既然枯叶可以飘落化为沃土

砂砾都能变成珍珠

如今让我来种植心愿

你来收获幸福

我愿你所有梦想都能得到呵护

愿你所有前行都风雨无阻

所到之处

只看美景，不言孤独

我愿你所有情绪都有出路
愿你所有不安都能得到慰抚
生命中从此
只装甜蜜，不放凄楚

我愿你所有时光都能安度
愿你所有深情都不被辜负
一颗心历经颠簸
仍温润如玉，赤诚如初

你的名字在我口中开了花

文化传播学院 2014 级汉语言文学　李志杰

自从你走进我的心里
你的名字便常常跳到我的口中
我不愿将它吐出
只愿久久地含着
含着
含着
它在我口中生了根
发了芽，开了花

梦　夜景

文化传播学院 2016 级秘书学　刘昊洋

起风了
月光下的你
一席白裙飘飘

那情景曾在我梦里出现

月亮像你般皎洁
星星像你般闪耀
多迷人的夜景
只想把它曝光在眼睛里
愿闭上眼
这情景常在我梦里出现

应作如是观

文化传播学院 2016 级网络与新媒体　刘蓉蓉

你是红楼相思一注泪
是阶前愁煞葬花人
是一朝魂

我是飘荡天地间折了翅的孤鸟
是遍野浪迹追寻自由的风
是你的影
妄想抓住你那早已销声匿迹的骄傲

再更迭
灵魂依旧不灭
黄泉白骨，转眼荣枯
纵你平庸或惊世
是风是雨是长青

回　家

文化传播学院 2017 级中国语言文学　马琳琳

这是一段不知何时终结的旅途
在那夜的梦里，我看到了枝丫
上面，是我的家
我却犹豫了不知是否该止步
我扑棱着翅膀掠过爱巢
江河湖泊无一不倒映出小小的我
我自己度过了所有
拔光羽翼赤身裸体
终于抵达旧时光
所以我们一出生就在回家

目的地

文化传播学院 2017 级中国语言文学　马琳琳

任寂寞肆意地流
路过山谷滑过天际奔向未知
它无助地回头
寻求依靠
来支撑那无形的躯体
它呜咽地流啊
越过血管跨过骨缝冲向心房
它想要停泊的地方
是世界的中心
而我，将忍受它无尽的留恋

双 向

文化传播学院 2017 级中国语言文学　马千岱

巨人醒了
用身躯打开了天地
我是被窝里的盘古
用梦分离了乾坤

还是没有睡醒
这是俗世的獠牙
当人有了恶意的时候
这个世界便一分为二

人是不曾孤单过的
天是地的影
水是山的影
恶是善的影
山水乾坤
中间的便是混沌

天是人间的水中月
地是尘世的镜中花
想过的真实
他化为山峦的时候也未曾出现

抑郁症

文化传播学院 2017 级中国语言文学　马千岱

我不知道他是什么时候找上我的

通过电话联系簿或者花名册

他是一个剥削者

关掉了我几乎所有的情感阀门

我还没有死

但我的生命大概已经接近凋零了

我的全部

耳边呼啸的风声

巨大的落地窗与螺旋楼梯

根本找不到出口的通道

失联

坏了半年没有修的灯泡

我除了一具毫无生气的躯体

只剩下一片孤影

楼道的尽头有光吗？

也许会有的

情　殇

文化传播学院2017级中国语言文学　潘星星

那时

停在我眼里的你

耀眼又迷人

如今

你的眼眸

还徘徊在长廊里的记忆中

不曾离开

我该怎样才能把你忘记

将以前的开心亦或是不开心

通通抛在脑后

我的心在流血

你的面容啊！

在这时光中，慢慢淡尽

在这谷波中，慢慢散去

在这天空中，慢慢飘离

我是多么怕把你遗忘了

春风拂着柳树，大地一片青

世间万物，生机勃勃

尽管再不舍

也到了该说再见的时候

今后只愿别听到你的任何消息

在缘的世俗边缘

我认了输

只那一瞬，就那一瞬

注定永生

假如哪天你看到了紫色的泡沫

那是我流在心底的泪水

我知道，你也知道

文化传播学院 2017 级中国语言文学　秦子婷

我知道，你很累

但你对我嘘寒问暖时的欣喜

让我不忍打断

我知道，你想哭

但你转过脸依然欢笑的坚强

让我不敢拆穿

我知道，你会老

但你整天围着我转圈的活力

让我不容质疑

你也知道，你很累

但想念相比劳累

你情愿忽视累

你也知道，你想哭

但微笑相比哭泣

你只愿展现笑

你也知道，你会老

但长大相比变老

你甘愿选择老

我　愿

文化传播学院 2017 级新闻传播学　宋欣雨

我愿是一棵野草

生而盎然，沐浴阳光

纵然烈火焚烧依旧扎根土壤

我愿是一株苦蓿

生而洁白，追寻梦想

纵然随风飘散依旧心胸宽广

我愿是一朵荷花

生而灿烂，美如朝阳

纵然出身污泥依旧纤尘不染

我愿是一团烈火

生而光明，热烈温暖

纵然转瞬即逝依旧明媚灿烂

我愿是一只雄鹰

生而豪壮，天地翱翔

纵然万般艰苦依旧我心向阳

雪　花

文化传播学院 2016 级汉语言文学　王新伊

你身着一袭洁白的裙裾

轻盈飘逸

从空中翩跹舞来

因为爱你

我伸出双手把你迎接

当我终于用温热的体温将你拥抱

你却融化成一滴泪

原来你喜欢的

不是我一厢情愿的热情

而是和你相同的温度

她①

文化传播学院 2014 级秘书学　吴家琪

一

我曾经见到过这样的姑娘

---

① 作者大一刚入学时遇到 2012 级的学姐，本诗以这位学姐为原型所写。

不如沙扬娜拉那日本女郎
但是有比她更迷人的面庞
和清秀的衣裳

我们不曾讲过几句话
只是偶尔想象
在操场的余晖下
她动人的容妆
和发间散落下的夕阳
她有众多称谓
但我只愿叫她姑娘
不是如丁香
因为她有自己的光芒

二

那年与她初见
是在微雨的树旁
她嘴角正微微地上扬
和那响彻在耳旁的荡漾

她来回在人群中穿梭
像燕子一样
不知疲惫地奔跑
却看不见倦意在脸上

她见我在雨中伫立
却没有雨伞在手上
她一席青衣向我走来
递上那小花伞在我身旁

初识是如此老套
可后来却不容易忘掉
是那个微雨的季节
还有那把伞的味道

三

记得她同我谈过理想
说她想去远方
去做一名游者
看看秀水下的青山
和路灯下的凤凰

后来我与她分别
在那条不知名的小路上
我看着她的背影
消失在人海茫茫

此后我将她回忆
却再也找不到她的模样
梦中曾与她相见
我将她仔细端详

她也有不一样的颜
她也有不一样的声响
但目光永远是那样坚定
心灵依旧如此坚强

她娇小的身体迸发出的能量啊
仿佛是天上的太阳
那颗炙热的心

灼烧着周围一切的冰凉

姑娘啊，姑娘
我记得她回头的微笑
不是甜美
而是暖暖的柔光

午后听雨眠

文化传播学院 2017 级中国语言文学　闫　慧

雨从昨天下到今天
淅淅沥沥
点点滴滴
只闭上眼
便能感受到世界的宁静

鸟儿在雨中明亮的啼叫
路上深深浅浅的水坑
车轮碾过带起水的旅程
雨珠滴在水洼中激起的涟漪
火车的窗子上划过一道道雨的痕迹
顺着叶脉滚落一颗颗透明的柔软的雨滴

这一切
给天空披上了一层灰色的纱衣
而我在帐子里
聆听这一切细微的声音
感受着雨的痕迹
惬意入眠

打开一扇迷幻的门

文化传播学院 2017 级中国语言文学　姚林芝

打开一扇迷幻的门，
如云的雪，
大朵散落，
世界亦如最初的古朴，
苍茫白色；
欲望激荡着纠葛。
在暗黑的夜来临之前，
密林高耸的公路上，
柔光缱绻，
安抚我一人，
只因太阳，
它，不愿我寂寞。

眼　镜

文化传播学院 2017 级新闻传播学　余　众

若不是前世的情缘未了
也不会在孩时就邂逅她
修长的手指穿过我的发
娇美的唇总吻在鼻梁下
青春的诗篇里少不了她
从看清世界到横撇竖捺
一起等待年龄用力长大
是一大一小的青梅竹马

忽冷忽热的小脾气你要收下
珍情的人会将不合轻轻拭擦
相依相靠每一个春秋冬夏
未曾想爱是一场水月镜花

伴我领略了一路应接不暇
如影随形却总是沉默以答
曾誓要带她浪迹海角天涯
却最终不能共尝酸甜苦辣

玻璃心的她需要你细心护驾
别等到心碎才懂得珍惜牵挂
失去她再辨不清黑白真假
模糊了视线是分手的刹那

你若爱眼镜爱那样的她
只要一点头她都忙上忙下
你哭了她眼里也含着泪花
这样的爱只是一场童话
这样的爱有时叫作妈妈

梦

文化传播学院 2017 级中国语言文学　袁婉青

孩童的梦
是简单甜蜜的
是绿树环合蓝天白云
是父母双亲轻声的呼唤

少年的梦
是丰富多彩的
是迷离幻象奇幻世界
是外界各种嘈杂的嗡鸣

青年的梦
是斗志昂扬的
是激情澎湃奋发向上
是不畏艰险的拼搏怒吼

中年的梦
是公正现实的
是柴米油盐琐碎小事
是蓦然回首的悠悠叹息

老年的梦
跟孩童一样
周而反复
不过主人公却变了模样

童 年

文化传播学院 2014 级汉语言文学　臧高宁

偏爱过瑶草琪花，
鹿饮深溪的童话。
汤姆送给杰瑞一块蛋糕，
南瓜车的主人是辛德瑞拉。

守过圣诞节的长袜，

塔罗牌也会打架。
猫头鹰喜欢送信的白鸽，
魔法需要咒语和笔画。

后来听说梁祝化蝶年华刹那，
飞机坦克忘记了舒克贝塔。
因为所以，科学道理，
再不见痴情龙女和淘气的哪吒。

可是少年侦探还没有长大，
新之助邋遢地流着哈喇。
哆啦Ａ梦告别了年迈的大雄，
回到了十岁时他的家。

且随风吟

文化传播学院 2015 级秘书学　张博予

晚风将把喧嚣合上，
夜空的眼眸被点亮。
巷背的酒馆正打烊，
青旅也关上一叶窗。

拾掇好聊以充饥的理想，
仍不忘旅程规划的展望。
流浪歌手已回归了梦乡，
木吉他才准备轻轻地唱。

唱旧山城那驻足的月光，
唱寒沉睡那深秋的丽江。

唱完那布达拉宫的安详，
唱起那朔漠记载的辉煌。

唱彻那北方刺骨的守望，
唱醉那南方翘盼的红妆。
唱透那远古窖藏的弥香，
唱锈那属客高吟的流觞。

唱斜那铁达尼上的夕阳，
唱醒那沉眠洋底的画像。
唱遍那凝望不散的愁肠，
唱尽那爱恨离合的感伤。

背上装载灵魂的行囊，
行至未曾回想的远方。
沿途纵览悲欢或凄凉，
只愿一任无疆地歌唱。

你曾经来过

文化传播学院 2017 级中国语言文学　张晨晨

你曾经来过
嫩绿的小草是你来过的证明
你松了土壤
让它可以轻松地成长

你曾经来过
盛放的花儿是你来过的证明
你染了颜色

让它可以优雅地绽放

你曾经来过
枯落的叶子是你来过的证明
你抚了枝丫
让它可以悠然地归根

你曾经来过
莹白的雪花是你来过的证明
你惊了寒夜
让它可以沉默地奉献

你曾经来过
悄悄的
因为你来过
所以四季从不孤单

余 生

文化传播学院 2017 级中国语言文学　张成竹

余生当有庭院
闲时可侍弄出绿荫来，配夏夜的蒲扇和蝉鸣
若远归的你口渴
你该留意到我吊在井口的瓜果
对你道晚安

余生当有猫儿和狗儿
追逐也好，嬉闹也好
总之，我不会把死寂引来这里
只是当心，莫要踩到我的花草

莫要踩碎本就斑驳的阳光
对你道午安

余生当有你
人事多错忤，与君永相望
猫狗给你，花草给你，夏夜也是
井水可洗衣衫，也可煮粥
你若风尘仆仆，我必执杖候荆扉
对你道
归来便好

长 安

文化传播学院 2017 级中国语言文学　张成伫

锦绣织就的长安
谁打马路过，踏破羽衣悠然
误入了长生殿
七月七，经轮转了几番
马嵬坡连理枝断

诗人的行囊已装点
去赶赴二十四桥明月夜
有人归来，有人离开
青莲流浪在山间

长安长安
永世长安

屋檐下

文化传播学院 2017 级中国语言文学　　王　宁

轻雾中的屋檐下
孩童嬉闹笑生花
我问：妈妈什么时候来接我
你摇摇手中滕扇说快了

雾散后的屋檐下
少女歌声绕梁飞
我问：什么时候去看外公外婆
妈妈挥挥手中饭铲说快了

正午阳光下的屋檐
猫儿懒懒地打着盹儿
我的心绪飞到了童年屋檐下
那个旧旧的屋檐下

星空下的屋顶上
席子和凉风带来的舒爽
我问牛郎织女在一起了么
我问吴刚伐倒桂花树了么
我问流星上坐着魔女么
我问我什么时候长大

胡同口的梧桐下
滕扇有一搭没一搭地摇着
躺椅有一下没一下地晃着
你说牛郎织女在鹊桥上
你说吴刚和玉兔在一起了

他还扔掉了斧头
你说流星上有七个小矮人
他们坐流星去救白雪公主
你说还有好久好久

龙子湖夜色

文化传播学院 2017 级中国语言文学　张成成

月光，
浸满了大地；
鱼儿，
浅睡在水底。
杜鹃声，
又啼。
黑夜依偎着我的双眉，
问一声，
风儿，
你去哪里？
你给了我一个亲吻，
悄悄离去，
让我缠绵在着无尽的夜里。

我喜欢你

文化传播学院 2017 级中国语言文学　张成成

我喜欢你，
你使月儿露出她的美丽，
星星眨亮了眼睛。

我喜欢你，

在你的世界里，
一切都是那么静谧，
抛开外界的纷争与杂扰。

我喜欢你，
喜欢那潺潺流水的气息，
簌簌花落的音律，
婴孩的鼾声，
情人的呢喃。

我喜欢你，
我屏住呼吸，
躺在你的怀里，
聆听着你的心跳。

沉 江

文化传播学院 2017 级中国语言文学　张亚博

翻开一页一页的书
一条大江汹涌而来
拍打染有花泥的香岸
一只棺材沉进了这幅水墨画
溅起通天的浪
惊飞了正在痛哭的
西来的青鸟

只兮，只兮
它的哭声是要报信吧
因为一只棺材沉进了泥江
在漆黑的泥浆中

又绽放出五彩的花朵

这花朵

在棺材上生长

又是这棺材的祭礼

沉入江底

但花和鸟早已漫山遍野

在司命掌控的世界里

流传着一句话

人沉了，江不会沉

江流着，人就不会亡

慵　懒

文化传播学院 2017 级中国语言文学　张樱格

午后的时光

暖阳缓缓

江畔公园的木椅在向我招手

轻轻坐下

捧一本书

徜徉在林微因的人间四月天

微微一嗅

暖暖的阳光里，有灰尘的味道

时光微凉

那些远去的光阴

那些遥远的未来

在午后的淡淡阳光中弥散

如果有一天

文化传播学院 2017 级中国语言文学　赵阿乐

如果有一天，
我可以按下时间的暂停键。
那么，一定要静止在夏天，
蝉鸣声里，
一路阳光明媚。

如果有一天
我可以想去哪就去哪，
那么，第一站必然是西藏。
我想看看，
拉萨的天空，
是否比头顶上的这片更加湛蓝。

如果有一天，
我可以想和谁相见就和谁相见，
那么，他一定是世间最美的情郎。
可以的话，
我想问问他，
你喜爱的姑娘是否有两朵高原红，
不是新娘胜似新娘。

如果有一天，
我可以想干什么就干什么，
那么，我一定赤着脚虔诚地去朝拜。
沐浴在梵香里，
三步一叩首，

不为祈祷与超度，

只为，和你相遇。

原野上的风

文化传播学院 2016 级广播电视学　郑鹏瑶

苍茫的原野上

只我一人

就在这里游走徘徊

俯身拾起一株白色的野花

无人可送

地平面升起明净月光

送来一个深色的剪影

便是我的伙伴

它跟随我

想寻觅到一盏昏黄的路灯

步入黑暗

总有人拉拽着我

堵住前进的路

无奈我此时拥有的

不过是木讷的双眼

和耳畔的狂风

我想是应该吹吹风了

合上空洞无力的眸子

沉寂，沉寂

将胸腔里的胆怯和恐惧一起抚平

散入风中
就连禁锢我的那双手也逐渐放松

我想是应该吹吹风了
身后的影子被刮得恍惚迷离
都不曾抱怨过一句疲惫
攥着野花的腰肢
幸好它没有枯萎

我不需要追寻那盏灯了
不需要等候来解救我的人了
只要一颗平静的心
连同一阵带走浮躁的风
荡漾于
这片名为成长的原野当中

忆　昔

文化传播学院 2017 级中国语言文学　周　妍

年少时，
意气风发，
总是渴望出去闯一闯，
去追逐心中的那道光——自由。

成年时，
含蓄内敛，
渐渐明白生活的冷暖，
追光的孩子变成了小小的大人。

曾几何时，
我们仿佛在一瞬间长大，
没有获得自由的快意，
反倒平添莫名的忧愁。

终于啊，
接受生活洗礼的我们，
幡然醒悟，原来，
最好不是追寻，而是珍惜。

绝　色

文化传播学院 2017 级新闻与传播学　朱素瑶

月色和雪色之间，
你是第三种绝色；
天堂和地狱之间，
你是我们永恒的诗人。

你是恋家的孩子，
把乡愁化为船票，寄往世间；
把乡土化为母亲，轻嗅芬芳；
叶落未归心惆怅，
虽死也要望故乡。

你是 89 岁的少年，
要同李白同捞水上的明月，
要沉醉摇滚不羁于乐。
风吹黑发去时景，
浪子回首已白头。

你是诗坛最后的守夜人，
金陵子弟江湖剑客寻归属，
背水一战与岁月拔河。
诗兴不绝青春不逝，
最后守夜最后点灯。

血脉中涌动着黄河的支流，
脑海中酿成江南童年的蜜饯，
心中沸腾着一丛不灭的火，
你是余光中。

你是世人之等待，
等你在造虹雨中，
等你在迷离夜色，
等你在新雪初霁，
等你，
魂归来兮。

一

文化传播学院 2017 级中国语言文学　朱亚菲

牙牙学语时
你被断断续续地说出
稚嫩的声音是那么清澈透亮
你是如此简单澄澈
没有说不尽的蜿蜒曲折
没有描不完的左勾右划
难怪我们首先要学的就是你

时光如你
你是谁
你是"一"
即使轮回千百年
也并未倒转

长大很快
成长很慢
青春的岁月
充斥着豪言壮志
我们会听到此起彼伏的脚步声
或重或轻
那是在踏着追求理想的道路
纵然我们在时光里身不由己
我们也在追随着你
一往无前

也许在负重前行的路上
我们试着牵起了那个人的手
一路欢笑
少年不知愁滋味
当一切面临着现实的考验
在人生的交叉口
彼此松开了手
祝愿有一个更好的人牵起对方的手
然后
向前走
一路悲伤
我们终会成长

成为最好的我们

那一天

一个西装革履的男子

一个头着轻纱的女子

牵起了彼此的手

一生一世一起走

花开了又落

雨停了又下

我们终将用一生去领悟

"一"的真谛

回首模样

文化传播学院 2017 级中国语言文学　朱亚菲

那天故事戛然而止你就像一个哑巴一样

沙漏悄无声息耗去漠视我的一切

那段蜚短流长我就像一个孩子一般

色彩日新月异淡化瞻仰你的所有

小孩的模样在纸短情长中蜕化

于是不知何时狐狸尚需要五官立体才

聚散离合成为家常便饭似人样

花言巧语隔离人心向背我又何必真真假假学你

这人长大的样子

如深海融进一点墨

你举手投足之间

化为无我飘飘欲仙

没人能看见我推杯交盏

你在积蓄力量落落大方

成就生命的载歌载舞

那日云淡风轻

我笑语如烟

那天当爱恨已成往事

一场瓢泼大雨倾盆那才是你的模样

仿佛远方传来你若有若无的零丁笑语

你回来了

你消失了

无语凝噎

仍然记得不羁的曾经

而今化成点点微光

那是我留在你心底的蓝色泡沫

注定永生

散　文

现代诗随想

文化传播学院秘书学教研室　马春光

喜欢在一个静谧、暗黑的空间中读诗，在那里，诗人舞动了他想象的翅膀，我喜欢在忧伤的想象中感触那飘动的诗绪。中国的古诗自有它的辉煌，它的独特韵律，可是在诗绪上已不能表现现代的情感，就像赵本山的调侃，"床前明月光，玻璃好上窗"，中国古诗在漫长的历史中承载了一代代人们的情感，终于在 20 世纪初，被不可抵挡的白话诗的潮流所吞噬。于是，胡适来了，"两只黄蝴蝶，双双飞上天"，诗乎？非诗乎？也许李金发的诗更有情调："如残叶溅＼血在我的＼脚上，生命便是＼死神唇边＼的笑"。"残叶溅血"，死神的一笑便是生命的匆匆逝去。李金发在中国现代文学史上往往是被痛斥的，因为他的半文半白的难懂的诗句，可是他却有着一个优秀诗人的那种诗思和对于诗的质素的敏感，我喜欢！

现代诗歌到了徐志摩那里，变得清逸，"我不知道风＼是在向哪一个方向吹"，还有《雪花的快乐》以及那首《再别康桥》，徐志摩是个无可否认的诗歌天才，一个追求爱与自由的天才，或许他太耀眼了，生命的激情过快地释放，终于过早地"飞"向了他的永远的诗歌世界。戴望舒，想到这个命运多舛的诗人，我常常双眸浸泪。爱情的不幸，婚姻的多变，家国的多难，于是便有了那个"丁香一样的，结着愁怨的姑娘"，于是便有了这样感伤的诗句，"我是青春和衰老的结合体，我有着健康的身体和病的心"。诗人在现实的泥淖中挣扎，失意与诗意在他们的笔下结合，孕育出了一朵朵美丽的诗歌的花朵，一串串瑰丽的诗的珍珠。

卞之琳，闻一多，还有那个近于"滥情"的何其芳，一个个诗的灵魂在我的脑中萦绕。冯至更是一个抒情的天才，当年鲁迅就称他是"中国最优秀的抒情诗人"。冯至是一个纯粹的诗人，即便是他的小说也用诗的方式书写，《伍子胥》是个确证。喜欢《十四行集》，冯至在这种西方的诗体中游刃有余，简单的诗行，却把我们引向生命的深处。

那个叫穆旦的诗人，那个诗歌的幽灵，他给我们的不仅是丰富，还有"丰富的痛苦"，他让我们"在绝望里/寻求第二次的诞生"。穆旦的诗思是个人的，又是整个世界的，现代诗歌到穆旦的笔下，获得了一种复杂的撕裂的美感。

北岛是愤怒的，在食指对"四点零八分的北京"给予了他痛苦与决绝的凝视之后，北岛终于在那场大劫后喊出了"我——不——相——信"的一代人的心声。诗人的痛苦似乎已趋于饱和，他们开始幻想，"我是一个任性的孩子"，顾城进入了一个童话般的世界，而诗歌的殉葬者海子则要在海边建造自己的房子，"面朝大海，春暖花开"，泥淖的现实把失意的诗人逼向最后的逃避的港湾，于是在幻想之后，顾城残忍地举起了斧头，杀妻自杀，而那个向往麦地的海子则在滚滚的车轨下走进了他永久的诗歌王国。

诗，在今天已远离我们的生活，变成了一种高高在上的孤独的艺术，而诗人，要走向何处？

"春天里"的絮语

文化传播学院秘书学教研室　马春光

"在这阳光明媚的春天里，我的眼泪忍不住地流淌"，这是"春天里"的汪峰的真实心声，更是旭日阳刚嘶哑的声音所传射的隐隐心痛。不管是作为音乐才子的汪峰，还是作为农民工的旭日阳刚，抑或此刻书写这些文字的我，这首歌，这些嘶哑的声音，总能引起心灵的震撼。

在这料峭的早春里，蒙蒙细雨是心弦最好的伴奏。久违的雨水如期而至，我想念着老家地里的麦子是如何酣畅淋漓地吮吸着，此刻，麦地不再痛苦，麦地中的海子也可以"不再关心人类"。漫步于校园中，虽然雨滴越来越密，但我不想打伞，而是想亲近这从天而降的精灵。

嘴角会很自然地流淌出《春天里》的某句歌词，特别是在这细雨的挥洒中。正像是歌中所唱的，在这样一个春天，有一种莫名的悲伤突然来袭，那是说不出的怅惘——细看这春天里的落日，看那湖中的光影，看那暮色渐渐拉起了帷幕，听那深夜里静谧的天籁，回首或悲或喜的昨天，一切在无语的思量中，黯然神伤。

我思索着这首歌，在人生的某一个春天里，作为诗人的汪峰被一种莫名的感伤所裹挟，难以遏制的创作冲动油然而生。艰辛的昨天已远去，在"此时"的这个春天里，在今昔的比照中，感触更多的是"岁月留给我更深的迷惘"。昔日的艰辛与快乐为伴，是何等的简单快乐，那是一种稚嫩的疯狂（"那时的我还没剪去长发"）；而今的成熟伴随的是苦涩，伴随的是更多的思考，更多的关乎生存的、一种被生活所磨砺的迷惘，那是一种成熟的疯狂（"胡须代替了长发"）。更让我们深深感动，或者说触动我们心灵深处的，也是作者思虑最多的，是"如果有一天，我悄然离去（老无所依）"——春光明媚的"春天里"，歌者唱出了"死亡"之歌。

如果没有那个叫做"旭日阳刚"农民工组合在春晚上唱出这首歌，

可能它被传唱的范围远没有那么大。是旭日阳刚成就了《春天里》，更是《春天里》成就了旭日阳刚。春晚的短短三分钟，开启了农民工人生意义上的春天，也让亿万个像他们这样的草根萌发了当明星的幻想。拨开那些社会操控之类的幔幔，我想，我们应该关心的是在春天里哭泣的心灵，这是每一个——至少我这么认为——对人生有着深层思考的人可能有的心理状态。

春天是美妙的，但它更是短暂的，敏感的人总能在春天里看到死亡的阴影，而在对死亡的观照中更加珍惜短暂的春天。艾青说，为什么我的眼里常含泪水，因为我对这土地爱得深沉。是啊，正是在那嘶哑的歌唱中，在那闪烁的泪光中，我们才能真正体会他们对生活的爱是多么的深切，对生命是何等的热爱而又无助。

在19世纪的"春天"里，诗人雪莱怀揣着无限的诗情匆匆地来到这个世界，又匆匆地离去；1989年初春的山海关，海子亲切地亲吻铁轨，向他挚爱的世界依依告别；此刻的我，在细雨的和声中，静静聆听那些纯真的灵魂，聆听自己，轻轻感触这个春天。

"如果有一天，我悄然离去，请把我埋在这春天里"，"埋"所对应的应该是地点而非时间，错位的修辞表达的是歌者驳杂的情感，这样的表达恰恰是它的魅力所在，它是音乐的，更是哲学的。就像海德格尔言说的那样，被抛在这个世界上的"一无所有"的我们，最后仍将回归那个泥土的世界；然而，值得思虑的是，在"向死而生"的过程中，世界呈现的是不同的画卷。对于汪峰，歌唱恰恰是对这个世界的聆听；而对于旭日阳刚，歌唱仅仅是一种莫名情绪的表达，这可能就是他们在"春天里"的不同画卷与境界。而此刻我写作，正是我触摸这个世界、这个春天的一种方式。

关爱女孩，我有一个梦想

文化传播学院秘书学教研室　刘玉红

人们常说，女儿似花，所以，世界因女儿而绚丽多彩。

贾宝玉说，女儿是水做的，所以，世界因女儿而多了灵性，多了宽容，多了华美。

法国普罗旺斯人有一句谚语：没有女人，男人永远都只是长不大的毛头小伙子。

中国人常这样说，成功男人的背后，总有一个优秀的女人。

拿破仑·波拿巴说，一个孩子行为举止的好坏完全取决于他的母亲，自己在生活中取得的成就很大程度上归功于母亲对他的意志、毅力、自制等方面的磨炼。

乔治·赫伯特曾经说，一个好的母亲，可以抵得上100个学校的老师，她像磁石一样吸引着所有的心灵，像北极星一样吸引着所有人的眼睛。

因此，奥地利一个关爱女孩的协会有这样一个著名的提问：如果一个家庭有一双儿女，但只有一笔教育经费，你投给谁？他们的答案是：投给女孩。因为教育了一个男孩，你只教育了一个个体，而教育了一个女孩你就教育了一个家庭，教育了一个民族，教育了一个国家。

爱默生说，"衡量文明的唯一的标准就是善良的女人的影响"。女人之所以超出其他教育者，就在于其人性的教育。男人是力量的象征，女人则是优雅华美和快乐的象征；男人能提供智力支持，女人却培养着感情，男人使我们相信东西，而女人却能使我们去热爱东西；男人是人类的头脑，女人则是人类的灵魂。因此，对女人进行教导也就是对男人的教导，使女人的品格提升也就是对男人自己品格的提升；扩大对女人精神的解放是整个社会精神解放的延续和保证，因为国家就是众多家庭联合的产物，民族也不过是众多母亲的结晶。

然而，在21世纪的中华大地上，新出生人口男女性别比为118.58比100，在西部贫困的农村，女孩失学率达到了39.5%。当这些数字深深地刺痛了我们，当我们高喊关爱女孩时，我有了一个梦想。

我有一个梦想，关爱女孩，就是当一个生命在孕育时，我们的B超检查只是鉴定他（她）是否安康，而不是性别。

我有一个梦想，关爱女孩，就是让她从父母那里得到和哥哥或弟弟一样的疼爱和呵护，让中国人重视的 家谱族谱里赫然写上她的名字。我有一个梦想，关爱女孩，就是让那些因为贫困而没有踏入过学校的大门，因为贫困而操起背篓、举起羊鞭、怀里还揣着卷边破烂了的课本的"马燕"们重返校园。

我有一个梦想，关爱女孩，就是当女孩找工作的时候，被拒绝的理由不是"你是女孩"，被接受的理由不是"你很漂亮"。

我有一个梦想，关爱女孩，就是男性眼中的女性不是依人的小鸟，不是攀援的凌霄花，而是挺拔的木棉，作为树的形象站在伟岸的橡树面前。

我有一个梦想，关爱女孩，就是女孩怀有身孕即将做母亲时，在人们的眼中，她是母亲，是在实现生命的延续，而不是完成传宗接代的任务。

我有一个梦想，关爱女孩，就是有一天我们无须再高喊"关爱女孩"！

记忆中的味道

文化传播学院文学通识教研室　余尚清

　　我相信，每个人的一生，一定都有自己记忆中的味道，那味道是童年时妈妈做出的菜肴的味道，那味道是故乡的味道。

　　我跟老公在一起生活了几十年，老公是家中主厨，他是土生土长的郑州人，喜欢大锅炖菜，大碗吃面。按理说，我在郑州已经生活了30多年，是我在故乡生活时间的近两倍，应该能够习惯郑州的饮食，但是，至现在，我们仍然会不时地因为喜欢不同的味道而发生碰撞，甚至摩擦。

　　我想念记忆中外婆做饭的味道，固执的。

　　我从小一直跟外婆一起生活。我的故乡在信阳，信阳虽然也属于河南省，但饮食习惯却跟河南其他地方差异很大。另外，如果我说信阳人擅美食，恐怕河南其他地方的人也并无太大异议。那时家里穷，不可能买菜，做菜的原材料绝大部分来自于自家小菜园，还有一些就是家人自己劳动所得，用自制的渔具捕捞的鱼虾、泥鳅、鳝鱼之类。外婆就是利用这些材料，在那缺油少盐的年代，做出各种巧妙的美食。外婆是湖北人，现在想来，她做的菜基本上是将湖北风味和信阳本土菜综合，自成一体。

　　外婆做菜有一个最大的特点，无论做什么菜，刀工都特别细，比如我记忆中外婆最常做的两个菜：豆角炒鸡蛋和鸡扒豆腐，豆角炒鸡蛋的长豆角是切碎的，而不像我们常见的切成段，鸡蛋煎熟以后也捣得和豆角一样碎。而所谓鸡扒豆腐，就是将豆腐两边煎至金黄然后捣碎，加上小香葱出锅。这两种菜用筷子，每次都只能夹起几粒，吃起来特别省菜。现在想想，大约是那时候菜少，这样可以节约。

如果我们捕鱼有了收获，便可以改善生活。事实上，我记得那个时候捕鱼是一件极容易的事情，我们家门前就是一个大水库，水库经常涨水，涨水时我们可以捕到很多大鱼。至于在稻田里捕到鱼虾之类，那是家常便饭。鱼有很多种做法，外婆最拿手的是把甲鱼用荷叶包好放在灶火里烧熟，甲鱼熟后外焦里嫩，还有荷叶的清香；大鱼剔骨取肉做成鱼丸，鱼丸大小适中，不仅好吃而且好看；还有就是每年春节前，家家都要腌制咸鱼，春节期间来了客人，支上炭火火锅，外边寒风凛冽，室内炉火正旺，鱼香满屋。

即使再穷，过年是一定要有肉的。每到腊月，家家就开始了腌制腊肉的过程。也是因为穷，无论是外婆家还是我们自家，腌制的腊肉都非常有限，要留在春节期间待客。但是看着那些腊肉，我和弟弟妹妹们馋啊，冬天的夜晚，一家人围坐在火堆旁，头顶上就挂着那些腊肉，口水不知道咽了多少次，偶尔，看我们太馋了，外婆会切下一小块，用竹签穿着，在火堆上烤熟给我们解馋。好像，那是我迄今为止，吃过的最美味的饕餮大餐。除此之外，外婆还善于做一道叫"汽水肉"的菜，这道菜应该属于湖北菜，因为在此后的若干年，在信阳老家，除外婆外，我从未见任何一个人做过。将纯瘦肉剁碎加蛋清以及适量清水搅拌，还可以根据个人口味，加适量蔬菜末，蒸熟出锅，特别爽滑且易于消化。

还有，很多很多，什么清炒南瓜丝啊、蒜蓉南瓜头啊、清炒红薯梗啊，冬天大雪封山时吃的腌制雪里蕻啊、萝卜干啊……几十年光阴过去，香气却从未飘散、从未走远。

在这个冬天的斗室，想念这些味道。

可能，一个人走得再远，也走不出故乡，走不出儿时，走不出家中的味道。

过烟火红尘的日子　存诗意浪漫的情怀

文化传播学院文学通识教研室　余尚清

过烟火红尘的日子，存诗意浪漫的情怀，这是我想要的生活。

我们不是天人，我们在凡间，并且是凡间的凡夫俗子，吃着平凡的家常菜，穿着家常的粗布衣，喝着寡淡的白开水，身上有浓浓的烟火气息。

不独独是我们，绝大多数人都这样，不必唏嘘。

不同的职业，注定会有不同的劳作。正如农民春要耕，夏要种，秋要收，冬要备一样，用辛勤劳动换来我们的衣食住行。

生活的细节也不全是白领电影，甚至很少是白领电影：下完班去咖啡馆喝现磨咖啡，周日慵懒地躺在床上看闲书，还可以经常休假，休假时和友人漫步海滩或者远足……那是文学的生活，不是烟火红尘的日子，烟火红尘的日子其实很琐屑。开门七件事：柴米油盐酱醋茶，哪一样都不能少。

下完班你可能需要匆匆去一趟菜市场，然后回家为家人准备晚餐，吃完晚饭你要刷碗、清洗当天的衣物、辅导孩子作业；周日一大早闹钟会将你闹醒，揉揉眼你必须马上起床，准备早餐、送孩子上琴棋书画各种辅导班，或者戴上手套拿出抹布，弯腰弓背地大扫除；好不容易有一次休假，你惦记远方的父母，他们年事已高，需要你床前尽孝，你需要回家看看……

有时，我们还会和妻子或者丈夫怄气、吵架，会很受伤……

生活就是这样。

好在，上帝造人时考虑到了这些，怕我们承受不起，给了我们一颗自由飞翔的心灵，我们如果不用，岂不是生命的一种浪费？

只要你愿意，你的心灵会带你到达红尘去不了的远方，那里一定有诗意和浪漫，让你的生活变得斑斓。

日复一日上班的日子，偶尔偷懒一下，和家人一起享受一顿并不奢侈的烛光晚餐；某一个有月亮有星星的晚上，独自漫步在月光之下，可以想很多，也可以什么都不想；工作之余的闲暇时光，坐在阳光下，喝一杯清茶，看一本闲书，让心灵旅行；某个飘雨的黄昏，撑着伞，走在城市的林荫道上，踩一地落叶，听雨打芭蕉；抑或，在冬日飘雪的日子里，仰起脸迎接雪花，让雪花在睫毛上跳舞；休假的日子，只要有机会，背起行囊，开始一段说走就走的旅行……

还有很多，很多。

只要你愿意，这一切并不难。

身在红尘，心在尘外，把干瘪的日子过成水墨画卷。

断　想

文化传播学院文学通识教研室　余尚清

一

散。聚。

聚。散。

聚是瞬间，散是永恒。

二

你在原处，我在原处。

你不在原处，我亦不在原处。

三

面对。转身。

一瞬间。一辈子。

四

记忆。忘却。

我跟你说，我记住了，可能意味着我已忘记。

我跟你说，我早已忘记，其实恰恰是难以忘记。

语言是最不真实的东西。

五

开始。结束。

除了大自然，没有什么可以天长地久。

明白了这一点，开始时不至于过分惊喜，结束时也不至于过分悲哀。

关于爱情的断想

文化传播学院文学通识教研室　余尚清

一

烈酒一样的爱情，浓郁，热烈，醉人，芬芳。只是，人不可长醉，如果酒醒，伊人不再，爱情已去，还爱着的一方只能像晏小山一样，独饮酒醒后"落花人独立，微雨燕双飞"的那份薄凉。

二

水一样的爱情，纯净，透明，恬淡，安详。没有刺激，可能也不够诗意，甚至一方有一些木讷不解风情，但是，却有着水一样的绕指柔。恰恰是水的平和和低姿态，彼此的迁就忍让，成就一份天长地久的爱情。

三

红酒一样的爱情，入口甘而不腻，微醺。红酒一样的女人，妖而不媚，甜中带酸，需细品，必须是会品的男人才能品出。红酒一样的男人，内敛，深沉，有底蕴，含而不露，也必须是懂红酒的女人才能欣赏。红酒一样的爱情，如果两个人慢品，小口啜饮，不过量，那是爱中极品。

四

柠檬汁一样的爱情，甜腻，酸涩，有青果的味道。这爱情由天然植物加水生成，不含化学物质，所以，她真、纯、甜、酸、涩，五味杂陈。应该说，这是一种最年轻的爱情。有一天，当爱情老去，味道自然就不酸涩了。

五

甜点一样的爱情，这种爱情是不是爱情我不知道，只能说一方是另一方的甜点。既是甜点，那么总归不是正餐，上不了大桌面，有无皆可，多少皆可，需要时聊可充饥。只是一些人当了甜点不自知，而另一些人甘愿当甜点。当然，也有可能彼此都需要甜点充饥。

女人，活出自己的优雅

文化传播学院文学通识教研室　余尚清

优雅是宽容随和的生活态度。

优雅是洞悉一切的聪慧睿智。

优雅是神清气定的自尊自信。

优雅和金钱无关。优雅和漂亮无关。你可以没有钱，你可以不漂亮，但你一定要活得优雅。

如果你有一些闲暇，除去逛街，去美容院或者打牌娱乐之外，你更应该读几本好书。在傍晚或者在深夜，给自己泡一杯茶，捧一本书，用茶和书的味道浸染自己，让自己的周身弥漫书香和茶香。

心中多装一些爱和阳光。老吾老以及人之老，幼吾幼以及人之幼。善良和爱心是一个女人最优雅的资本。

宽宥别人，原谅别人。一个宽容的女人的微笑永远是这人间最美的风景。

似水的柔情，对我们的爱人。一次加衣，一句叮咛，一个问候，都是女人母性光辉的体现。

不要唧唧喳喳，不要聒噪，更不要东家长西家短。每一个人都有自己的生活，在法律和道德范畴内，每一个人有权选择自己想要的生活，我们无权指东道西。

如果你受到伤害，需要倾诉，要对懂你的人，但决不可做祥林嫂，他人给予的同情是有限的。你可以哭泣，但不要涕泪横流，泪水只用来冲刷自己的心灵，而不是用来表演。擦干泪水后，你要试着和伤害过你的人握手，微笑，转身，留给对方一个优雅的背影。然后看清风朗月。

只要你愿意，你一定可以。

傍晚情绪

文化传播学院文学通识教研室　陈世杰

好久没翻散文了，散文已经把我忘记。

那是一个二月的傍晚，就在再版三的《诗经》中那个水涘。

那个以文易糖的丫头，终于逆流而去，她是跟着"送人玫瑰，手留余香"走的。

那天的晚霞很红很红，一如丫头顶着的红盖头。

纵然我在心里，栽下很多树，很多树，竟没有一枝缠住那飘逸的长发，没有一枝绊住那远行的脚步。

寻常里，在眼前随风乱舞的树枝，此刻，却没有了一枝。

于是，《诗经》的日子，翻到了"风雨如晦，鸡鸣喈喈"这一页。

"徐娘＋"（这是我创的新词，比如四十，即徐娘＋10）们，依然连篇累牍地抛出重金，拼命地在十号楼、七号楼前，"春江水暖鸭先知"地PK着娥眉秀。奇然地瞒过了双双稚嫩的眸子，竟有三三两两不合群的形容词如"美女""资深美女"，朝"徐娘＋"们飞来。

在层层的脂粉上，在款款的时装里，在叠叠的饰物上，在堆堆的新样中，我读出了"徐娘＋"们那沉沉的自卑，长长的无奈……

午梦醒后，月出东山。立窗眺望，夜色深蓝。

东边楼顶，月的面颊，犹如一幅古画，在苍茫的天宇，突兀地暗红暗红着。

于是，朦朦胧胧的水涘边，两棵树的灵魂，有了焦急。

好在《诗经》快已翻过，日子只剩下长长短短、走走停停的散文了。

野蛮丫头外传

文化传播学院文学通识教研室 陈世杰

安能摧眉折腰去如厕

美大是位于南湖南岸的一所美丽大学，按照套话来形容就是：四季如春，风景宜人。但美中不足的是，占地面积太小，才三百亩，但学生倒是蛮多，大概有一万两千多人。僧多铺少，学校不得不在邻近租用别人的楼房用作学生宿舍。校东门是貂蝉路，西门西施路，南门玉环路，北门昭君路。真是邪了门，美大被古代四大美女包围了。可以通过三段论推定，起这路名的人，不是色狼即是色娘。好在这有南湖人民公安，咱，自然不用咸吃罗卜淡操心了。

为缓解宿舍紧张，学校当局在东门对面租一幢楼，取名曰：美大东区。在西门租了一个大院，楼群多幢，曰：美大西区。在南门租了三幢楼房，因紧靠学校，拆墙与学校连成一体，但为区别起见，命名曰：B区。而美大原有的也是仅有的4幢宿舍楼，就自然成了A区。

不知美大哪个怜香惜玉的领导规定，凡女生皆住校内，凡男生皆住校外，即住B区、东区、西区。曾经多次腹诽，这个领导肯定是个色狼，后来不幸真言中了，他被他的多个情人举报，银铛入狱，贪污70万加生活作风腐化，判了6年。听说住了不到一年，就被保外就医了。

A区四幢楼，分别是7号、8号、9号、10号。在我们嘴里，分别称为7庵、8庵、9庵、10庵。而且庵门上一律大红黑体字写着"和尚止步"，真是缺德带冒烟了！

我认识野蛮丫头，纯属偶然。

1999年，我们中文系的"烟酒生"（研究生）"和尚"，被安排到东区下榻。东区虽然远离尼姑庵，但枕着貂蝉路而眠，倒也清静可心。谁知清静中倒偏偏生出是非来！2001 年，我们中文系人丁不旺，加上"烟酒生"和尚们，也没有住满东寺庙——美大东区，留下 4 间"禅房"。学校当局费尽力气，把 1998 级法律系的 32 个美眉安排到了这 4 间禅房内。一时间，东庙鼎沸，和尚们个个红光满面，精神抖擞，但见和尚们每天出入东庙，不是撒香水，就是打领带，西装革履，风度翩翩地做潘安状，真可谓司马昭之心，路人皆知。

先不表"和尚"们的司马昭之心，单说这 32 尼入住寺庙后，开始还循规蹈矩，目不斜视，一个一个做淑"尼"状。谁知两个月后，这帮悍女凶狮的尾巴就露了出来。

原因是东寺庙里，没有"尼"厕。32"尼"如厕，最近的距离，我计算了一下，需要：出"尼"房（寝室）→过貂蝉路→进入学校东大门→走过升旗广场→到最最近的 3 号教学楼内。偏偏女厕所在 3 号楼西头，她们还要走过长长的走廊，如果拿秒表计算，最短的到达时间，也得 8 分 38 秒。这个时间，要是我们"和尚"们，事早办完了。但如果她们情况紧急的话，走在半路上，怕早已出事了。就是因为这点屁事，众尼"不得开心颜！"

一日，我手拿一书，正在厕位出恭，胯下雷雨交加之际，忽听得门外："有人没有？出来！给我出来！！！"那声音理直气壮、声音高亢、严词厉声，仿佛将军下令，又仿佛警察制止罪犯，吓我一跳。雷雨立时停止，我慌忙跳了出来。那阵势，让我毛骨悚然：七八个"尼姑"，十六目怒向，我真感觉好像犯了大错，低头丢下一句"对不起"，就落荒逃出厕所。

我的"禅室"（寝室）紧挨着 1 号（厕所之别称），所以我经常听到"有人没有？出来！给我出来！"慢慢地，我观察到了发出那理直气壮声音的"设备"，原来是一个穿着大红上衣，身高 1.62 米，脸红得象红富士苹果一样的漂亮女生。从此我管她叫"野蛮丫头"！

后来，我诅咒同禅房的"和尚"时，经常用"你如果不怎么怎么，让你出门撞上野蛮丫头！"好像大人恐吓小孩子一样：你如果再不听话，大灰狼就来了！

大学里的"小学生"

不打不相识，从那次突发事件之后，我就开始特别关注起了"野蛮丫头"。我发现，"野蛮丫头"除了"安能摧眉折腰去如厕"之外，其他时候，真的是蛮可爱蛮可爱的。

她的可爱，概括起来有两大势态：一是太后临朝的威仪，一是淫雨霏霏的婉约。这二大势态，我从多个角度观照，经过反反复复地推敲，才给她一个准确的定位：大学里的小学生。认识她那年，她好像是大三的小师妹。

我们先远观一下，其可爱英姿：

首先，她那"红富士"，可真是千果易买，一红难求呀。尤其是小酌之后，想象中，酒精真的已经把"红富士"吃掉了。但第二天发现"红富士"又出现了，并且还带着那纯得不能再纯的微笑，仿佛还带着露水。

其次，她低着头、双手捧书、匆忙奔赴教室的姿态很可爱。都大三了，在学校的每一条大路小道旁边，哪里还能见到这种姿势？这种姿势是高中时才有，最多是大一刚刚入学时才有的。在大二甚至大一，一个怀有如此"红富士"的美眉，怎么能一个人赶路？怎么还如此匆忙？怎么还会没有一个衰哥残弟跟在屁股后面掂着东西，屁屁巅巅地服务？

我有如此困惑，当然是有根据的。无论阳光明媚的美大，还是月光如水的美大，举目四望，校圃湖畔，双双对对，或相挽而行，或相抱而停，或立定做人工呼吸，见到师长，或点头而过，或微笑而去，这才是正常状态。

再放眼全南湖市，有一句非常流行的顺口溜可以概括之：爱在美大，学在会大，吃在粮大，玩在地大。

所以，你想呀，现在是什么世纪了？还有如此的"小古董"？我当然要做一番伟大的推理分析了。远方有个白马骚子？还是班内有个黑马小子？无论骡子、小子，无论真假，都祝福她吧。

"红富士"太后临朝

这个景观，很难得一见。那次在学校宣传部的一次所谓宣传会议上，得一观之。隐居在寺庙里的中文系第二大才子——孤家（注：只要孤家在系，中文系第一才子位置永远空缺），有幸作为美大的吹鼓手也被盛请面世。席间方知，这野蛮丫头片子，竟然是资深的宣传部记者！资深！哼！

未正式开会前，但见这野蛮丫头片子，在师多生众的会场，一会双手掐腰，作指挥千军状！一会抱臂胸前，作君临天下状！一会仰坐藤椅，作总理主持会议状！那动作，那神韵，难以言传，我在一旁掩面窃笑。你道我窃笑什么？我笑她做这些动作时，间隔非常短暂，大概不到半分钟，好像是在演戏一样，又好像是儿童多动症发作。而且一看到"红富士"，挡不住的幼稚气流扑面而来。用我的经验来形容，正像《梨园春》上，三岁的小女孩扮演的佘太君。鉴于她是大三了，留点面子，还是称她为"大学里的小学生"吧。

晴空霹雳　暴风骤雨

从那次会议以后，我才得以近距离接触野蛮丫头片子。出于满足对野蛮丫头片子更多的好奇心，一次我斗胆邀请她说：

"大记者呀，请你撮一顿何如？借一步请教一下？"

她翻了翻像大头锦鱼的一双大眼睛说：

"不吃白不吃，吃了也白吃，白吃谁不吃？不过，朕得带两个顾命大臣。如果怕吃穷了，那就全免了。"

防患意识很强可以理解的，竟然还小觑孤家！

"行，小朕同志。能带上的，全都带上，包括口袋！"

果然，野蛮丫头片子带上牛头和马面哼哈二将，准时出现在3号学生食堂黑压压一片的餐桌上，等待上食。孤家刚刚领取了《知音》杂志一笔不菲的润稿费，自然会豪放一把不说，单说饭侃期间，发现这法律系的三位大法官，竟然也暗恋文学，让孤家着实纳了闷。

试试："文学？你们也略知二三？说说，你们都文学过谁？"

牛头说，我崇拜三毛，读过她的著作不下二百种。我心里说：孤陋！

马面说，我崇拜汪国真，他的诗，富有哲理。我心里又说：浅薄！

临到野蛮丫头片子了，她出语不凡：我崇拜俺家老周！

"什么什么？你家老周？在下寡闻，没有听说过。"

一脸得意并鄙视的笑："俺家老周就是鲁迅！凡是我喜欢的，都是俺家的！怎么啦？"

"浮躁！"我脱口而出。

"你敢再说一下浮躁试试！"她突然怒红了脸！

"孤陋加浮躁！"我更是勇敢！

"呜呜呜呜呜呜呜呜呜呜呜呜呜呜呜……"

大厅广众之下，如入无人之境，她突然呜咽放声。此时，感觉餐厅所有的目光一齐投向我，仿佛说：大男人家，欺负人家小丫头！

我一时慌了手脚，一边慌忙认错："我错了，对不起，鲁迅是伟大的思想家，文学家，政治家，诗人，温馨的恋人……"一边用眼神求助于牛头马面。牛头马面反而非常镇定地说：不用管她，一会就好了。

果然，过了一会，只下雨而无抽泣声。我又认了几句错，这才雨过天晴，气氛又好了起来。

都怪我这臭脾气，见气氛已好，我又发表我的高论：

"请问，你家鲁迅哪里好？他对他弟弟好吗？他对他发妻好吗？他明目张胆地索要 money（稿费）好吗？他那么骂人好吗？他骂的都是对的吗？为什么不依不饶地骂人家？他的境界真的那么高吗？他什么都享受了，他不狡猾吗？苏雪林一生都在骂他，难道没有一句是对的吗？"

她发愣了，傻了好一阵，又是一个突然：

"呜呜呜呜呜呜呜呜呜呜呜呜呜呜……呜呜呜呜呜呜呜呜呜呜呜

呜呜呜呜……呜呜呜呜呜呜呜呜呜呜呜呜呜呜呜……"

我的天呀！我的地呀！我的娘呀！我又惹祸了！

赔礼！道歉！认错！递上餐巾纸，并小声长念鲁迅的好多好多诗句，一如幼儿园老师哄小朋友：

"灵台无计逃神矢，风雨如磐暗故园。寄意寒星荃不察，我以我血荐轩辕……忍看朋辈成新鬼，怒向刀丛觅小诗。吟罢低眉无写处，月光如水照缁衣……无情未必真豪杰，怜子如何不丈夫……运交华盖欲何求？未敢翻身已碰头。破帽遮颜过闹市，漏船载酒泛中流。横眉冷对千夫指，俯首甘为孺子牛。躲进小楼成一统，管他冬夏与春秋……阔人已骑文化去，此地空余文化城。文化一去不复返，古城千载冷清清。专车队队前门站，晦气重重大学生。日薄榆关何处抗，烟花场上没人惊……度尽劫波兄弟在，相逢一笑泯恩仇……万家墨面没蒿莱，敢有歌吟动地哀。心事浩茫连广宇，于无声处听惊雷……

……终于，天放晴了，"红富士"上露出了开心的笑容。我抓住时机，来上一句："哥们，咱以后不下雨好吗？大哥有心脏病，怕吓！"

"就——不！"

嗨！哎！唉……我敢打赌，她一定是全国大学里最后一个"小学生"了。

酒性·人性

文化传播学院文学通识教研室　陈世杰

自古圣贤，凡夫俗子，如在酒精的浸泡下，多或雄起或艳立。

不错，英雄难过美人关，人性难过酒精关。

中国是一个酒文化的国度。酒，在中国文人的笔下，或打扮成月宫嫦娥，池中荷花，朦胧美丽；或被强调成生活空气，心情氧气，与人形影不离。

比如魏晋名士，置酒遣性。比如唐诗宋词，酒气氤氲。

于是，在中国悠悠的文化长河中，我们得以欣赏到五彩缤纷的酒：

李白之酒，有"凤歌笑孔丘"的狂，"呼儿将出换美酒"的真，"对饮成三人"的孤。李公酩酊之后，像孩子一样地拥抱生活，透露出天真善良的人性美。

曹操之酒，慷慨沉郁，忧思难忘；青梅温煮，回荡着一股"天下英雄，舍我其谁"的霸气。

易安之酒，与命运息息相连。纯真时代，娇憨任性，"沉醉不知归路"；次第风雨，遍历劫波，"三杯两盏淡酒，怎抵它晚来风急"。"渐一番风，一番雨，一番凉"，所以，易安之酒，诉说着无奈的世间，无奈的凄苦，同时也证明了这样一个残酷的真实，命运是女人最好的美容师。

柳永之酒，其苦也甘。"今宵酒醒何处，杨柳岸，晓风残月"，袒露了对至情的一种执着和向往，直白率性也。

与人饮酒，不可不观酒性。裸身，可见黑白；裸心，方见美丑。酒性，是隐藏在人心最深处的人性真实表达。不表达也是一种表达。所以，酒性即人性也。

清雅之地，烛光摇曳，四目相对觑，白酒映红颜，那份神韵别致是恋爱的酒。

独坐一隅，目无人丁，频举桌上杯，狂浇心中事，醉眼蒙眬里，直喝到涕泗横流，不能自已，那份落魄孤寂是伤心的酒。

三五人群，逐一厮杀，杯盘狼藉中，敬来碰往，踉踉跄跄，那份壮怀激烈是尽情的酒。

卑微小人，陌路偶逢之人，其酒性容易看到；然大人高官，头脸人物，却是很难一睹。

人性，在清醒时百般藏匿；然在深醉后，就不得不赤裸。如进浴池，所有的遮羞布荡然无存了，你，无处无法藏躲。

三杯前，你温文尔雅，彬彬有礼；八两后，你口咬嘴骂，原形毕露。

三巡前，你慷慨大方，粪土千斤；七盏后，你手捂口袋，宁死不松。

这是你的酒性，也是你的人性。真善美丑，皆在酒性面前裸露。

有酒性，也要有酒量，不然就要学会节制。

无酒量的人只能醉酒，有酒量的人却能醉人。有酒量的人易感，也易醉。因为易感，所以至情至性；因为易醉，故而任诞执着。无需过多外物，但求沉浸内心。

其实，每个人都有酒性，每个人心中都有一坛酒，区别只是味道和浓度不同，所谓"酒逢知己千杯少，话不投机半句多"是也。喝的不仅是杯中酒，更是心中酒，醉人的不是酒精，而是酒意。

《一个陌生女人的来信》中，那个女人用一生来酿造一坛心酒，毅然决然地让自己沉醉不醒。为什么？其实原因并不在于那个男人，而是这个女人自己本就是个执着痴情的人，她注定要与一个男人遭遇，要有一场倾注一生的醉。不过，她以最美好的情感和幻想保持这酒的清醇，也算是醉其所得。

醉，在酒，也在人。好酒伤身，哀情伤心。

醉酒之后，不仅是形体上的舒展，更是灵魂的释放。

狮子林

文化传播学院汉语言文学教研室　姚萌萌

虽然是湿热的天气，但一阵丝丝缕缕的雨，营造了雨后游园的清新视觉氛围。

也许出于主人个人喜好、审美内涵与生活习惯等原因，苏州的园林在统一的精巧构设中又各显特色，如拙政园的平地造景，步步可观，又如留园的藏真猎奇、庄野相协等。至于狮子林，这座几易其主的小型园林，虽然规模不大，但却借助石头进行机工巧制，以及一种中西合璧的图腾——狮子的物化艺术陈设，显示出其独特的园林风格。

穿过厅堂，漫步园中，毫无悬念地被园中的主角——石头所吸引。

这里的石头本身是浑然天成的，然而在摆设架构上又加入了人工的巧思。这样一来，在观者游览的过程中，轻易地就在视觉上赢得了欣赏，在审美上产生了共鸣，石头，也俨然从自然之物化入了文化与社会。当初乾隆皇帝从哪些角度对狮子林的石头表示欣赏，已无从仔细知晓，但以普通百姓的视角来观看，虽然多半只重视感觉，没有那么多文化讲究与气韵之味在里头，但看着看着，理解深了，意象也就浓了。

甫入园林，首先见到的是阔大的厅堂，这些建筑虽富丽壮伟，但似乎不是园子的重点，设计者的心思在于后院的假山和石头。也许是为着协调园子面积小的短处，也许是为了不同角度赏景的需要，又也许是为了满足主人子孙满堂的愿望，造物者往往在假山的堆叠处使有限的空间显出别样洞天。能工巧匠们在嶙峋的太湖石中间，凿出一条曲曲折折的通道，达于石顶又蜿蜒而下，伸向出口。巧的是，假山下面又有水流经过，而小山间连接处则辅以通直的青石板桥，过桥之后又向着石山上凿开，形成回旋的台阶，达于顶峰，倘若踩着乱阶登顶，倒颇有"一览众山小"的意趣。假山中间的空间又不全为着实用，有的看似一条通道，却引你到途穷石尽之处。虽然没有出路，但在这里却装作不经意地留出一条石缝，给你看石头之间漏出的一线美景，倒也不怎么叫人失望，反而生出喜出望外的情愫。石与石之间也常留有一些空隙，其大小可容儿童及猫狗通过。

所以，这样的假山，增加了园子的空间趣味，在顶上可以遍览园中之景，在桥上能够仔细欣赏山涛流水，若在底部观山景，恰逢山顶或桥上站一娉婷的美人，就更见山水之韵与人之性灵的相生相谐了。更何况，在一步一景的设计中，还有着遍布假山的观景口，更是发挥了将园林景致进行扩充的设计功效。这样有趣的山石，设计中本身就有赏玩与游乐的理念，除了烘托出生活的雅致与意趣之外，供顽皮的孩童们游乐也是再好不过了。其园林设计中暗含的意思就是：山石的韵致、花园的灵动，本该由于成群嬉闹的孩子而更为凸显。这一点隐蔽的巧思，也使追求雅意的中国园林在实用功能与审美情感上有了更为深邃的伦理内涵延伸。

中国古人对山水的荡涤胸襟的功能认识从魏晋诗歌中所见，与此融合的造园意识则从明代计成所著《园冶》一书中趋于明晰。这种将自然之趣引入日常生活的造园做法，无疑融入了古人丰富的审美情感。在这座园林中，除了精心构设堆叠的假山，能够体现出昂然不群的王者尊严的，便是荷池边上林立的众多狮子样的石头，这些石狮形态各异，它们或高或低、错落有致，既相互呼应，又巍然挺立，形成一簇立体的狮子图。无论在假山之巅，堂前庭园，还是湖中石林，它们都显出了有生命力的尊严。石头所展现出来的这种凛然不可侵犯的气势，使这座园林显出更加古朴深沉的历史况味。作为一座以禅宗文化为源头的园林，此处的狮子有宗教的含义，但同佛教的本土化一样，经过漫长的历史发展，中国的狮子形象完全与日常的生活意趣相融，汇入老百姓能够认可的普遍审美。最终，不知道是狮子的形象奠定了一个民族的认知基础，还是人的认知塑造了狮子的俗世形象。

中国画讲究写意技法，诗歌注重营造意境，园林也是这样，石头的艺术性不在于其形象的实际与逼真，而在于其空灵与神韵，你可能数不出来有多少石狮子，也可能辨不清对应的五官，但是再缺乏观赏常识的人，也能被它威严的气势所折服，是的，这就是作为百兽之王的狮子的原初特征，也是园中石头的特异之处。石头所代表的思想与尊严赋予园林建筑以灵魂：不管是纠缠交错、难辨一二的九狮石，还是荷池边神态各异的无名群狮，在观赏者的眼中和心中，几乎都无法清晰地呈现出五官与身形，但却不可抵挡地透露出皇家的霸道之气。这也许正是乾隆作为皇帝对狮子林的欣赏之处，也正因此，这所园子被赋予了一种更具内涵的精神力量。

苏州的狮子林，虽屡更其主，但却往往为贵胄之家所拥有，可见它颇受尊崇的地位；今天的园子，为普通百姓得见，也颇能引得大众的共鸣而致唏嘘。这其中的原因，除了它见证了历史沧桑之外，也体现出其所蕴含的微妙的社会情感：在中国古代，达官贵人们都希望能够靠近帝王，沾染上帝王之气，但是为了恭敬避讳，又要将意图隐于含蓄委曲之中。狮的威严正好满足了这种心理需求，此园中的石头与狮子在形貌上大体相合，但其风姿与神韵却极好地与王者之气相应，从而符合了传统士人低调内敛的精神气韵。大量具有统一特征的石头集中于石林，既委婉地表达了园主人们世俗的祈愿，又含蓄地注入了传统士大夫文化的精魂。表面看来，它不过是一处自然景观；但在骨子里，它代表了中国古代社会从寒门到显贵无一例外所具有的借助某种权威腾飞的希望。在狮林中一代又一代积淀下来的历史情感，又源源不绝地将富有中国意象的文化图腾传承了下来。

狮子林中并无狮，只有石，但其有雄狮之魄，中国之魂，形不尽至而神意相通，雕塑如此，画境如此，诗文如此，涵养了祖祖辈辈的中国文艺亦如此。这种文化内涵在雄浑博大的中原风云中有，在典丽温婉的江南烟雨中有，又何尝未被化入文人的"大漠孤烟"与"长河落日"中去？——这是一个民族的整体文化传承。

假山极尽江南园林的移山入园之细腻心思，林立的狮子状的石则点染与塑就了园林的晴目与灵魂，与之相比，那雨后的碧叶新荷，群星若簇，还有那不为喧嚣之气所动而翩然滴落的盈盈浅露，倒显得颇不以为然了。

故乡的夏天

文化传播学院汉语言文学教研室　　崔花艳

　　寓居在千年帝都咸阳，在一个夏日的午夜十分突然想起了我的家乡的夏天。

　　家乡的夏天有湛蓝的夜空，上面点缀了很多钻石一样闪闪发光的星星。铺一张席子在房顶，感受夏夜的习习凉风。头枕着妈妈的胳膊，欣赏这美丽非凡的夜空。等待着一颗颗流星划过天际，发出一声声赞叹的惊呼。每一颗星星都有一段妙不可言的故事，夏日的夜空就是一个个一直在讲述着的故事。自然、凉爽、美丽、回味无穷！

　　夏日的夜晚应该有音乐奏鸣曲的，安静的晚上，家人和邻居都已经进入梦乡，沏上一壶凉茶，捧上一本可人意的书，坐在树影斑驳的院落里，听小小蟋蟀的琴声，听纺织娘的伴奏。如果刚好是雨后还可以听到响彻云霄的青蛙的高歌。两棵高大的梧桐树把扇子一样的叶子摇啊摇。凉风吹来，那一丛竹子更是姿态横生，沙沙作响。在清凉的月光下，猫妈妈在教小猫咪练习爬树，在石榴树上，爬上爬下。可爱的狗狗乖乖地卧在我旁边，时不时地恪尽职守地汪汪几声，震得门外的声控灯，忽明忽暗，这一切回味起来都美丽得让人心伤。

　　故乡的夏天不能不提到雨，夏天是多雨的，因此夏天出生的人应该是拥有水一样纯净的灵魂。故乡的夏天，让我回味起一把把小花伞，还有下过雨后，泥泞的村庄。那时希望有一双红色的胶鞋，觉得穿上一定很漂亮，却始终没有如愿。在夏天的雨里和邻居家的小男孩同撑一把伞去学校上学，别人的嘲笑和打趣也听不懂，还附和着人家喊，真是无辜的天真！

　　故乡的夏天有着无数的知了在树上没日没夜地歌唱，直听得耳朵出茧子。在雨后去逮那叫做"爬叉"的蝉的幼虫，在夏日的中午顾不上睡觉拿个长长的竹竿去采集金蝉脱壳后的蝉蜕。曾经在一个雨后的夜晚和姐姐拿着手电筒分头去捉"爬叉"，很惊险地照到一只硕大无比的刺猬，黑糊糊的眼和我对视，我光害怕受到攻击，落荒而逃，回去找外援，等到我和姐姐气喘吁吁地赶来，哪里还有刺猬，只照到一堵破旧的山墙。

故乡的夏天里有一条蜿蜒曲折的河流，围绕着村庄，奔流不息。我想不是人人都有这个福分，能在童年里拥有这样一条诗意的河流。我的童年的很多美好的记忆都散落在这条河边。河水，在夏天对于孩子们来说简直就是不可缺少的珍宝。我们常常流连于河边，和小伙伴在清凉的河水里洗澡，采摘河边蓝紫色的雏菊做成花束。赤脚奔跑在被太阳晒得滚烫的鹅卵石上。在河水里，河岸上，寻找最美丽的石头，而且总幻想着哪一天就能捡到一颗来自古老年代的稀世珍宝，但至今也没有找到。我还带领着着我的两个小表妹一起去河边钓鱼，我精心准备好了一系列的钓具，有网兜、钓竿、鱼钩、鱼饵和水桶，我们信心百倍地等候在河边，终也没有等到鱼儿咬钩。最后唯一的收获是我在岸边用手捧出了一个泥鳅，让大家都惊喜万分，连河对岸村庄的一群小男孩也前来参观，其中有一个尤其表示赞叹，向我问我们是哪个村的，有没有钓到其他的鱼啊？我一一作答，表妹还悄悄地趴在我耳边说那个男孩好像看上你了，总爱和你说话！可惜的是我太过害羞始终也没有仔细看一眼这个男孩到底是什么样子。

那时村里人洗衣服、淘粮食都要到河里来，在河里洗衣服是一种无上的美事，看着五颜六色的衣服在河水里漂流，格外鲜嫩可爱。坐在石头上，在另外一块石头上把一串串泡沫揉出，再在水里冲洗干净。洗衣服也要有讲究不能在淘粮食的上游，要在下游，不然要把人家的粮食弄脏的。洗干净后，把一件件衣服如美丽的旗帜挂在河边的树上，坐在河边的石凳上休息片刻，衣服就晾干了。沐浴了脆生生的阳光和河边草木的清香，衣服的味道格外好闻，穿起来更是神清气爽，我想再高超的熨烫技术估计也比不过这在河水中浸泡，在草木间晾晒过的衣服穿起来舒爽而熨帖。

晚饭后的活动同样是围绕着这条小河，邻居家的大婶们经常来邀妈妈去洗澡，我就欣然同往。一定是要在比较深的夜里，一天的燥热无法除去，单等这一次洗澡。结伴走到河边的时候，队伍已经非常庞大了，除了我们这些小豆丁外，多是妈妈辈的婶婶们，还有比我们年龄稍大的大姐姐们。在下河之前先要推举几位嗓门比较大的婶婶们，朝河里喊上几嗓子，"河里有人没？"因为村里的男同志也会来这里洗，这一喊的意思就是，没的话刚好，有的话就要加快速度洗，大部队要来了。大多的时候是没有应声的，据我猜测可能他们也有固定的时间，尽量避免冲突。这样子大家就纷纷下河洗澡了，要把自己的衣服放到一个比较保险而又容易找到的地方。一边洗，一边说笑，大婶们说说家长里短，哪个家里有个什么事情，立马全村人都知道了，夏天晚上的这一次河中共浴，应该也算是一场规模不小的新闻联播，而且每个人都有可能成为主播，也都有可能成为观众。哪家姑娘定下亲了，就会有大婶问她婆家在哪里？婆家人怎么样？有的比较大方地说了一下，立刻会有旁边的人哄笑说这姑娘一点也不害臊呀！随着生活条件的改善和文明程度的提高，大家一起去河里洗澡的情景后来再也没有出现过了，但在我的记忆里却永远摄下了那样一个其乐融融的美好场面。

现在每次回老家，必要做的事情就是去小河边上溜一圈，看看当年的流水还在淙淙地流淌，回味起童年的点点滴滴的美好记忆，听说要挖运河了，我记忆中的小河可能要转流改道了，或者会更为宽阔了，不复昨日小桥流水人家的风采，在此，作此文，聊作纪念，纪念镶嵌着我童年记忆的那条小河。据老人们讲，它其实有一个名字的，叫作"马不跳河"，也许这里面也蕴含着一个美丽的故事，但我不得而知。

北方的面

文化传播学院汉语言文学教研室　魏庆彬

1

南方人不会做面。

在长江流域生活了将近五年，我可以负责任地说：南方人——至少江浙沪这儿的人，不会做面。我是河南人，从小吃面长大，不喜欢吃米饭。而这五年间，我宁可吃米，也不愿吃面。并不是米有多好吃，而是他们的面做得实在是——哎，你懂的。

我一度想象，南方人最早是跟哪位师傅学的做面。这里下面的方式，极端的奇怪，他们却以为面就应该这样做——炒好菜放一边，清水煮面盛出来，然后往碗里加点清汤或者高汤，想吃什么菜就往上盖什么菜。天哪！这是盖浇面啊？？那暴殄天物的一幕，让我痛心疾首、目不忍视。

2

作为黄河流域的中原子民，我不好意思吹嘘我们的面的做法有多么神奇，且不去论烩面和刀削，更不论卤面和捞面，单就几乎家家都会做的汤面来讲，南方人恐怕永远无法得其神髓。

汤面有一特点，即最终做出来时，菜、汤、面的色、香、味要融为一体，如果做出来让人看到三家分离，尤其吃进嘴里发现三种味道各自为政，那是绝对失败的。即使面用优质面粉，汤用名贵高汤，菜用山珍海味，那也没用。稍有常识的人就知道，简单地把三个最好的混合，绝对不能达到强强联合的效果。可惜，南方人不懂得这个道理。

从做面的方式约略可以看出南北的差异。与书法作品一样，南方书风擅长细处雕琢，把每个字都写得相当精致，如二王一路的帖学，各个精美，却少见有大气磅礴的巨幅创作，比如摩崖或刻石，他们不擅长大局的控制，简单说——儿女情长，英雄气短。北方书风则不然，即便单个字没那么精美，但从创作之初就已把它看作了整体的一部分，我们要的是整体的完美和统一，一句话——成大事者不拘小节。做面也是一样，我们不需要非常精美的食材，单用黄河水长养的小麦，再加上北方常见的大白菜，再加上我们常用的小葱，佐以油盐，就足以做出一碗睥睨万世、独步天下的面来。君若不信，容我细细道来。

3

我们北方普通家庭，做汤面可以说是基本功，从小吃我妈做的面条长大，我深知北方面条的做法，其高明之处，远非南方人自以为是的精致所能及。

首先是面。传统的做法是要自己和面，要掌握好水和面的比例，当然还有分量，先和好揉好放置。之后要用各家都有的擀面杖（我相信南方家庭不会备这个东西的）——那可不是擀饺子皮的小杖，而是长约一米半、直径有五厘米的大杖——把和好的面拿出摁成饼状，案板上撒些面粉，以免粘连，之后便用这个大杖把面饼擀成一大张薄面皮，当大杖带动面饼挥动起来时，绝对让你叹为观止。之后再收起大杖，把面皮折叠，用刀切成面条（长宽要自己把握），需要切出长短一致，宽度均匀的面条出来。以上三项——和面、擀面、切面，每一项要想熟练，都够你学上半年的。这就是俗称的手擀面的标准做法，我很负责任地告诉大家：不是这样做出来的面，都不算手擀面。当然，以上三项，我一项也不会，退而求其次，我可以去买现成的。买什么样的面也是有讲究的。湿面为上，就是常说的鲜面条，这样的面煮起来容易入味，且有筋道。干面为次，挂面凑合，什么？方便面？——不要打贫嘴。

面准备好后，要先炒菜，同时在旁边烧开水。炒菜用普通的炒法，用葱或姜炝锅，清炒一茄子或者大白菜，都是很好的选择。菜正常炒就可以，不必加什么奇珍异果，但有一点：要比平时多放点盐，放多少自己心里要有谱。通常我们这么认为：面条做出来之后，直接在锅里或者碗里撒盐是很愚蠢的。我默认大家都会炒菜，因为我从来不认为会炒个菜就算会做饭，就不多讲了。

菜炒好后，铲出来，放一边。注意，菜锅不必洗，直接把刚才烧好的水倒进去，重新烧开后，开始下面条。下面条要注意，要把面条用手分开了慢慢下，一堆扔进去你会煮出粘成团的面条的。加盖，再重新烧开。接下来，是重要的一环，也是与南方做法有区别的一环，请注意：是把炒菜倒到锅里一块煮，不要把面条盛出来往上面扣菜，那样做真的好惨好惨……

再次煮开后，基本上面条就做好了。但是一般来说，我们会用一小碗，切点葱花，加点盐，来几滴香油，拌匀了。掀开正泛热气的锅盖，倒进煮好的面里。刚煮好的面，马上会泛出一种亮丽的光泽，而且会扑面而来一股芳香，这绝对是锦上添花的一笔。

4

数月前，我回郑州参加了一朋友的婚礼。那哥们儿刚从澳洲留学回来，回来即结婚，志得意满。这都不算什么，比起这两件美事来说，最让我不平的是他居然在饭桌上洋洋得意地向几个哥们儿吹嘘他会蒸馍！当时我就惊呆了，这里要说明的是：会蒸馍指的是从和面到最后蒸好，不是简单地把买来的馍拿蒸笼里热一下——那个我也会。而一般来说，会蒸馍的都会做面条，而蒸馍的技术含量更高。什么叫艳福？这就是艳福。想到这些，面对一桌酒席，我一下子变得味口全无。

那天寒风凛冽，跟这几天的天气一样，散席后，我沿着街道慢慢走着。郑州虽然是省会，街道两旁餐馆林立，却也找不见哪家有卖汤面的。一瞬间，我有种异乡人的感觉。

看我儿子睡觉，我能看到天荒地老

文化传播学院汉语言文学教研室　魏庆彬

1

今年三月我才知道，有一种选择困难症叫黄金素和爱乐维。

孕期通常不宜吃生冷油辣，妻子小静怀念濮阳凉皮，吃遍了信阳师院周边所有凉皮，每吃必肚疼，她坚持认为之所以肚疼是因为没有吃到正宗的濮阳凉皮。某日返濮阳，会天大雨，先赴凉皮店连吃两家，她很失望，说再也没有当年的味道了。

2

我问生孩子有多疼，群里好几个新妈妈告诉我说那个疼啊让你终生难忘。我说现在不有无痛吗？她们说只是缓解，可仍然很疼很疼啊！

医生说无痛分娩术已经很成熟了，我也认为应该相信科学。后来小静告诉我，并不是打一针就无痛了，而是要在椎骨上扎针，并且要连续不断输液，从产程开始到生完孩子，据说还会落下腰酸的后遗症。她没用。

"侧切"是个医学名词，实际上就是在产道上斜划一刀，让孩子更容易出来。"侧切"通常不用打麻醉，原因是生产的疼痛远大于这一刀。小静说其实是她不会用力，就差最后一点力怎么也使不上来。产科大夫都很暴力，生孩子时不仅说话难听，说你一个研究生连生孩子都不会，还直接用手狠按你肚子。我说难怪不让家属进去呢，这很难保证我不会动手打人。

以前小静说不要读博，生孩子虽然痛苦但只是一时，而读博要痛苦三年不止。后来我问她，她说读博那都不算事儿，你不知道产房里那感觉真是像地狱走了一场。

3

一旦为人父，惊觉万事殊。

怜妻无好枕，夜梦小儿哭。

新伤遭旧创，觅药取长途。

漫言青云志，低头念小炉。

普通顺产即便侧切无非医院待三五天即可出院了，伤口感染不愈合是个低概率事件，但我们遇上了。小静在床上不能翻身，上厕所极困难，还要不时给孩子喂奶，关键是伤口总是不见好转，有护士进来清洗伤口，其手法之粗糙，我见小静疼得掉泪。

高锰酸钾是一种化学药品，医疗上可用作消毒清洗伤口，其用法是：取一两粒融入温开水盆里，见其呈淡粉红色，将伤口浸泡 20 分钟，消毒效果极好。时值十九大，我奔赴各医院和诊所，却得知昨天各地禁售高锰酸钾。好在老家有留存，着人走长途汽车送至火车站，我乘地铁出西广场 A 口取到。极小一瓶，拇指大小。

武警医院位于康复前街，也是火车站附近，此地有一疗伤神药"疮疡灵"，据说于刀口恢复效果极佳。我说我要购妇婴专用的，医生说 35 元一套。打车来回，倒花了一百元。

4

小孩子其实很自私，一口奶没吃到，就会拳打脚踢，仿佛全世界都欠他的。差一口没吃饱，啼哭那种凄惨，让你感觉枉为人父。而其吃奶动作之娴熟，稳、准、狠，完全不顾他妈死活，一口下去，其中酸爽，为我所不能知。

孩子哭闹原因有很多，有时候是因为尿，有时候是因为拉，更多时候是因为饿，总之要具体情况具体分析，因为有时候只是需要人哄。抱着孩子哼歌过个一二十分钟可以把他哄睡，换是抱十几斤砖我是扛不了这么久的，可见轻重也只是个错觉。

哄孩子睡觉一定不能自己唱嗨了不顾孩子，我有次自个唱高兴了，哼了小曲唱了快板书又吟了古文，再低头看孩子那是越来越精神，两眼紧盯着我仿佛在说"再来一个"。

看着我儿睡觉我感觉我能看到天荒地老，什么理想抱负都算了吧。就这么过了十几分钟，忍不住拿食指探了探，见他呼吸正常，好吧，我才放心了继续看。

礼

文化传播学院秘书学 2015 级王鸣威　2016 级张献文

《说文》言礼，"履也。所以事神致福也"是履行求神赐福的承诺；《释名》言礼，"体也。得其事体也"是行为得体，讲求仪式；《孟子》言礼，"恭敬之心，礼也"是谦恭，敬重有礼貌。逝者如斯，千年过如瞬息，五千年的灿烂文明铸就了历史悠久的礼仪文化，步入新时代，礼仪之邦熠熠生辉，知书达礼，待人以礼仍是当下要求。当青春遇上新时代，我们以芳华言礼。

小鼙微笑尽妖娆，浅注轻匀长淡净；
美人微笑，星眸转，月华羞；
一鼙一笑，礼从中来。

身虽小弱莹光亮，众慧凝集贯斗芒；
大爱感化，言行净，行致远；
爱己爱人，礼从中来。

身无彩凤双飞翼，心有灵犀一点通；
神定心安，风情雅，心灵静；
心心相印，礼从中来。

花儿花儿脸上开，礼从笑中来；
头儿头儿点一点，礼从爱中来；
手儿手儿牵一牵，礼从心中来；
有朋自远方来，乐开怀。

礼是敬，敬我身影笑相迎；

礼是雅，雅出风情好风景；

礼是净，净人心灵心相映。

通话礼貌，轻声问好，洋溢礼之风情。

介绍周到，语出高妙，展现礼之风度。

引导观貌，放慢步调，流露礼之风韵。

握手含笑，嘴角微翘，尽显礼之风雅。

礼从中来，花自盛开；

礼从中来，人自相爱；

礼从中来，礼赞新时代。

"五四"有感

文化传播学院 2017 级中国语言文学　崔芷玥

每每想起 1919 年的"五四"，我都热血沸腾。

那时内忧外患，满目疮痍……但是那些风华正茂的先辈们，毅然扛起了复兴中华的旗帜。

陈独秀，李大钊，鲁迅，胡适……他们曾在那一日振臂高呼，发出了那个时代的最强音。

恰同学少年，他们为了伤痕累累的中国，抛头颅，洒热血，为了中国能有一个和平富足的未来努力奋斗着。

他们，是那个年代的国之栋梁。

梁启超先生曾说："造成今日之老大中国者，则中国老朽之冤业也；制出将来之少年中国者，则中国少年之责任也。"

当时的中国少年们，创造出了如今的新中国。

而今，这份沉甸甸的责任，压在了我们这一代人的肩头。

有人说，我们，是垮掉的一代。

但是，一位位优秀的青年人向所有人证明了，我们接过了先辈的旗帜，继续前行。

今天，我们远离了苦难，远离了炮火，更应珍惜这来之不易的和平。

我们会更加努力，不负先辈所托。

愿这盛世，如您所愿。

老　街①

文化传播学院 2017 级新闻传播学　曹宇航

人间的四月，总是带着点儿烟火味，桃李芳菲，乱莺鸣啼，满城飞絮。唯独记忆里的这条老街巷，在斜风细雨中仍保持着一份古朴与安宁，让人心静，让人向往。

浮云吹作雪，世味煮成茶。在我眼里，老街，便是尘世里的一盏茶壶，落花流水、斗转星移，仿佛都与它无关，任世事喧嚣，它依旧沉静，不惊，不躁，慢慢烹调一碗茗香，在岁月中愈发耐人寻味。

沾衣欲湿杏花雨，吹面不寒杨柳风。约莫清明时节，青苔裹上红砖，绿藤漫上屋檐，春色渐浓，天气转暖，老街也开始热闹了起来，行人步履匆匆，穿梭其中，有道是："且将新火试新茶，诗酒趁年华。"赶着最好的时间去做最想做的事情，谁都不想负了这大美韶华。

我不同有些行人，我来这里，不为参观，不为生计，只想重临旧地，重拾早已斑驳的记忆。人人尽说江南好，我知道，老街确是比不了江南婉约，但每到烟雨蒙蒙的时候，天色将亮未亮，踏上这条石板路，总觉得，应是有一位身穿旗袍挽起头发的秀气姑娘，撑着油纸伞，路过我身旁，才算是称景。

老街的建筑普遍不高，大都是青瓦白墙，严肃，谦卑，街角连接镇上集市的路口有一栋两层小洋楼，那大概是七年前最高的了吧。桃木的门、雕花的窗、高悬的灯笼……光是看见这些，眼前就可以浮现出许多亲切的画面，或是放学后三两孩童玩闹嬉戏，或是打米糖的小贩正大声吆喝，或是饭后几家邻居围坐在一起呷茶闲谈……毕竟这其中都曾有我的影子。这里也有个别朱红的大门，带有饕餮的辅首衔环，很有排面，那是当年的大富人家，院里的凌霄花伸出矮墙，心急地等待着盛夏绽放。

我循着脑海中模糊的纹路，摸索着走向一户人家，在门前驻足。

那是一扇古铜色的双开门，门旁的小石狮目光坚定，注视前方，静静守护着它身后的方寸土地。我满心欢喜和忐忑，推开了那扇亲切的

①清明假期，作者回到七年前居住的老街，看到过去的光景，心中涌起无限回忆和感慨，写下这篇文章以作怀念。

门。

　　七年前，为了方便上中学，我从这里搬去了城区，住进了商品房，就再也没有回来过。这个房子是租来的，房东是一对中年夫妻，印象中他们十分和善，每次来收房租，像是看望老熟人，总要带点儿东西。房子是一厅两卧一院，算是很大了，但房租不贵，中年夫妻并不是靠着这个盈利，他们被儿女接到外地住之后，这里就空闲了下来，此时又恰好遇到了正寻找住所的我，于是我就在这里住下了，这一住就是三年。

　　趁着清明放假，我提前订好了回家的票，原本没计划回家的我，因为爷爷说要回老房子这里看看，立马改变了主意，我一定要去看看这个我心心念念的地方。

　　推开门，跨过似乎矮了许多的门槛，眼前的一切带着过去的回忆翻涌在我脑海里，像是见到了许久不见的老朋友，思绪万千，却相对无言。我踏进了院子，踩在红砖铺成的地面上，比水泥要软，比泥土要硬，总之很舒适，这个我曾经最喜爱的院子，杂草从砖缝中长出，有的开出了星星点点的小白花，靠近堂屋的两棵树，石榴和柿子，依然伫立着，仲春的新绿使它们看起来格外生机，院子很静，静到听得到昆虫扑腾翅膀落在草间的细小声音，我环望四周，感受片刻适然。

　　我没有在院子里停留多久，看一眼，怀念一下，就足够了。钥匙是借来的，这栋房子已经有了它的新主人，虽然他们目前不住在这，我也不方便久留。

　　"一片晕红才着雨，几丝柔柳乍和烟。倩魂销尽夕阳前。"我总是想学古人让自己变得诗意一些，再诗意一些，尤其是漫步在老街上，不然会显得自己与这光景格格不入。零星小雨一直下到了黄昏后，雨停了，天边晕出绯红的晚霞，颜色比较淡，却越看越醉人，只差飘出一股动人的酒香。拜访了几家老邻居后，我和爷爷在附近的小餐馆简单吃了点晚饭，是时候该走了。地平线上，薄暮在老街的陪衬下美成了一幅工笔画，我久久回望，不忍离去。

　　花自飘零水自流，转眼已是七年之久，回去的时候，我特地绕了远路，想多待一会儿，多看几眼。虽说不上是"物是人非事事休"，却也算得"欲买桂花同载酒，终不似，少年游"。老街承载了太多太多有关于我悲欢喜乐的故事，有笑亦有愁，如今提笔，这寥寥数言，怎么道得尽呢？

清晨，遇见你

文化传播学院2017级新闻传播学　邓玉瑞

一觉醒来，已是换了个世界，许是细细密密地撒了一夜，才有今晨的景色。推开窗，眼前的景象正是应了岑参那句"忽如一夜春风来，千树万树梨花开"，清晨，遇见你，心头漾起暖暖的感动。这雪可来得真巧，想来是2018年馈赠的第一份礼物吧。

迎着凛冽的风和随风起舞的你，把自己裹成熊猫，急忙忙地想在你的身子上印下我的足迹。

路上偶遇的情侣，手牵着手，漫步在雪地里，室友也一大早为她心爱的男子送上温暖的围巾。我不知，是雪为爱情增添了浪漫，还是爱情为雪增添了情感呢？我蹲下身子，默默地在洁白的雪上用手指轻轻地勾勒出心形，2018年期望自己也能收获单纯美好的爱情。

想是在儿童的眼里，下雪是最最好玩的，哪怕手指冻得通红，也丝毫不减他们对雪的热情。那份新奇，那份冒着寒冷的童心，好像多少年前我也有那份天真的心情。

操场上，引来了不少玩雪的同学，女同学爱自拍，男同学爱打雪仗、堆雪人，是雪又为我们的这个冬天增添了一份乐趣。

不由想起《红楼梦》里妙玉单请宝玉、黛玉喝茶时，用的是五年前在梅花上收的雪，放在鬼脸青的花瓷瓮里，埋在地下得的水。《本草纲目·水一·腊雪》中记载："冬至后第三戌为腊，腊前三雪，大宜菜麦，又杀虫蝗。腊雪密封阴处，数十年亦不坏。"可见这其中蕴涵了深厚的中华文化。这第一场雪，我倒也想像妙玉一般藏起一罐雪，不过怕是来年这水泡不成茶吧。

我知道，这雪是原配世界美好的存在，人类怎敢忘记自然的馈赠呢，一不小心激起的诗意的心，让我保留着对自然的敬畏。轻轻地亲吻常绿阔叶林上的你，凉凉的，麻麻的，酥酥的，混合着叶子的陈香，是冬的气味。

在你面前，一切都失了颜色，一切都增了色彩。

南音北调①

文化传播学院 2016 级新闻学　董子榕

一方水土养一方人，一处闲愁生一处曲。南北方的曲艺总是不尽相同的，南音的吴侬软语，北调的松弛有度，各具特色，让人惊艳不已。

百鸟归巢·南音管箫

今年的金砖国家领导人会晤晚会在厦门闽南大戏院拉开了帷幕，一曲《百鸟归巢》惊艳了整个世界，也把南音这种我国现存最悠久的传统古乐重新展现在大众面前。

身着丝绸缕衣的演员们在舞台上细细吟唱，从开始的零星点点到后来的百鸟齐鸣，一幅倦鸟翩飞的绝美画卷缓缓展现在我们眼前。就像苏轼笔下的《百鸟归巢图》，酡颜色的余晖下，婉转的洞箫声悠扬。

一位两鬓苍苍的老者敲打着压脚鼓和四宝，女声的清唱随着鼓点的节奏张弛有致。优曼的"工乂"谱调中，一个个云鬓金缕的妙手花旦在舞台上婀娜登场。丝竹管弦之间，群声时而吴侬细语，时而行腔换嗓，虽是声声古韵唱调，却句句展现当今风采。这曲《百鸟归巢》只唱音符而没有填词，形象地展示着百鸟争鸣、翱翔嬉戏的景象，也象征着人们对吉祥如意、幸福安康的美好希冀。

"齐僮唱兮列赵女，坐南歌兮起郑舞。"早在前秦时期就发源而起的南音艺术如今唱来还是带着些许中原古乐遗风的韵味。其曲调清丽柔曼，旋律如丝如缕，犹如南国藤萝月下的广玉兰，那是一阵阵氤氲在中国艺术长河里的芳香。

风动闽南，南音飘扬。

蓝桥相会·北调坠胡

与南音相对，北方的曲调也另有一番味道，其中比较具有代表性的

---

①作者在听到南音和河南梆子之后，了解到这些曲艺的继承者少之又少，由此作文记之。

就数坠子戏了。

"看一回，群峰灵秀身裹翠；看一回，钱江穿绕白练般；看一回，碧荷露头儿似锥尖。"一声声坠子戏的唱词传来，伴随着枣木简板的敲打声，节节有韵。

与南音不同的是，北方的坠子似乎更接地气些。演唱者就站在观众前方不远处的小平台上，两三米的距离。有时候觉得没有宏大的舞台会离观众更近些，反而更容易引起共鸣，那是思想与传统曲艺的碰撞。

坠子书对待曲艺有着一种包容大气的态度，无论是昂扬豪迈的《响马传》，还是清秀曼丽的《游湖借伞》，细竹棍的打板敲击声和坠琴婉转的旋律似乎在这里不会起任何冲突，二者就这样完美地结合在坠子戏里，不分彼此。

对口演唱者的一曲《蓝桥会》总是给人一种串珠成链的惊艳，或许观众们都想不到吧，原来这么长于激情的曲艺也能如此温婉动情。两位唱者一人打简板，另一人击单钹和书鼓，曲子与乐声交相辉映，引人入胜。全曲之中，最美不过是蓝玉莲与书生魏魁元在蓝桥汲水时的那次相遇，"细听我汲水女表家园，表我家离此处路隔不远，蓝家庄上我名玉莲"。自此，一曲有关爱情的华章缓缓展开。在绵长的唱腔中，对口莺歌柳的道情小曲如行云流水般在耳畔穿行回响。千回百转的故事情节，仿佛他们之间的爱情就在一曲坠子戏的时间里演绎着。

不管是南音还是北调，都是沉淀在我国曲艺长河里的璀璨明珠，愿这传统古乐能够常青永传。

断裂时光

文化传播学院 2017 级新闻传播学　李静怡

　　她最喜欢且奉为至理名言的一段话是七堇年的《被窝是青春的坟墓》中的一段话："而经过了这一切，我常常不解的是，为何我们而今常常惭愧于当年的种种矫情，但却又暗地里明白，当初身临其境的时候，我们的体会的确是真实而切肤的。于是这只能归结为这样一个冷静的解释，那是因为我们长大了。那是因为，好多年前如锥子一般刻在我们心底的，所谓时光断裂的声音，成为了永远的回声。"所以她一直认为自己的一切少女时代的不知来由的会让自己整颗心好像在水里泡得发涨被揪起来会湿嗒嗒的愁绪万千，以及随着年龄增长进入不同的圈子认识了优秀的男生而如藤蔓一般一点一点将整颗心包裹起来的情愫，都只是成长过程中的负面衍生物。随着时间推动着她不同往前走，前者会变成融化在生活的白开水里的一小撮盐粒，在日后重新品尝时会咸得让人微微皱眉感慨自己年少无知，后者更是会因着生命之中不断地毕业离别而被迫从生活的轨迹里割裂出去。仅此而已。

　　所以当他出现并且逐渐占据了她的生活的时候，她只是把他简单地归类为后者中新的一个罢了。

　　和他是高一末期文理分科时偶然进入了同一个班，高二一年没有说过话互不相识互不了解。直到那个漫长而难熬的高三的冬日里，他被调来做了她的同桌。似乎在那时有什么开始慢慢变得明朗，随着一天一天的相处以往单调乏味机械化的生活开始变成了有节奏的小调乐曲。

　　尤其是当那部被在网上打着"表白神器"的名号大张旗鼓地宣传了半年的《你的名字》上映，她本来要一如既往做漠不关心状，而他却主动提出在一周唯一的一天假期里请她去看。那一刻惊讶和惊喜交织成一张密密麻麻的网将她包围，被沉重的书山题海所深埋于不知道哪个角落里的那颗少女心抖落了往日蒙上的灰尘重获新生。她甚至去找了闺密细细分析两人以往相处的种种迹象，有什么是可以表明他对她有特别的感觉的。

虽然等到很久很久以后她才听他亲口说出缘由，那时只是因为喜欢动漫的他单纯地觉得这种电影一个人去看不合适跟同性去看更不合适才随口叫上了她，她回想起自己当时的小鹿乱撞自作多情羞愤地恨不得钻进地缝里，然后看着某人无辜的眼神气愤不已对着他又捶又打了一通。可是任凭时间给开了多少类似的玩笑，她在心里依旧固执地认定，一切的故事都是从那个时候开始的。

后来啊，时光的车轮依旧推着他们不断向前，高考倒计时的数字每次的减少都会让人看到时心里不由得"咯噔"一下，沉闷厚重的冬日慢慢过去，路旁的树枝上冒出了新绿，她不知道他到底是什么时候开始逐渐占据了自己忙碌高三生活中所有的闲暇，在最为难熬的最后一个学期里他的陪伴似乎给了她心灵上最温暖的依靠。谁知道这一切是由什么开始的呢，也许他骑车摔伤了腿却在她肚子疼的时候坚持一瘸一拐地穿越了一整个操场去开水房给她接热水时她的水杯知道，每一张她考砸了暗自伤心却有他在一旁逗乐安慰的考卷知道，她嫌夏日的中午坐公交车太闷得慌于是他绕远骑自行车送她回家时被汗水浸湿的Ｔ恤衫知道。周围人的议论也随着夏天的到来一日一日节节攀升，她在听着他一次次地跟他人分辩他们只是正常关系而后又转头来继续把自己宠上天的时候，暗自神伤摸不透他内心的想法。

直到高考的前一日，老师在上面讲着注意事项，而他和她在台下十指紧扣，两个人的掌心因汗水而滑腻得过分却不愿意放开一丝一毫，像是做好了准备一起上战场一般。然而谁能想到的是两人此时还是处于暧昧不清的状态。带着这种因模糊的亲近关系而产生的又苦涩又甜蜜的心情度过了难熬的两日，老天严肃过了头，使高考结束后的天气依然闷热得没有一丝可以缓解这场没有硝烟的战争的风。出了考场她盯着蓝得像一块水晶般不含一点杂质的天空很久很久，直到眼眶发酸眼泪差点落下来。她想，就这样吧。一切没有说出口的同时也是说不清道不明的温热情愫，也都该随着这高中时代的结束一起销声匿迹了。他也是时候从她的生命中割裂出去了。

　　生活总是喜欢在你猝不及防时杀个回马枪，就在她认为一切都已经尘埃落定的时候，却又是一块巨石猛地砸下来令已经沉寂的尘埃重新扬起呛得人喘不过气来。两个人约好了某一天晚上去市里的小吃街吃东西，他送她回家的时候月色凉成一道耀眼的光辉，小街上人影稀少唯有路灯执着地站立着，一切的气氛都是刚刚好。两个人长久地相对无言后他的表白在她的心里炸开了一道惊雷，她像个本来只想要一颗糖却突然获得了满满一包的孩子一样不知道从哪一颗开始品尝，是怎样在原地傻傻地愣了半天以后手足无措地给予了答复她已经想不起来了。路灯依旧执着地亮着，月光依旧固执地洒满路面。后来的后来她每每想起那个场景仿佛是被聚光灯所聚焦着的舞台一样，她竟然也成了那些用来哄骗小女孩的浪漫故事中的主角。

　　之后的一切都顺利得不可思议，她和他被顺利录取于离家不远的同一个城市的两所大学。班里同学对于他们的关系转换没有表现出丝毫惊讶，认为本来就是顺理成章的事，甚至在谢师宴上有年轻的老师看出来了端倪后还语笑殷切地送上了祝福，令她尴尬得不知道说什么来接。恋爱后的生活变成了她从前从未想过的美好，两个人无论在网上还是见面都黏成了两颗在夏天的烈日里化掉的糖果，甜得她都有些麻木了，也让她轻易地误认为这种甜蜜会永远进行下去。

　　这段关系在开学后不知何故开始慢慢变化，从前的甜蜜再也追寻不到踪迹，留下的只有无休止的争吵和冷战，无论是在网络上还是两周一次的见面。浑身长满了刺，锋芒毕露，谁都不让谁，闺密在听她祥林嫂一般隔三岔五絮絮叨叨的抱怨和诉苦几乎要吐之后问她，如果在一起不开心你们为什么不分开。是啊，为什么不分开。

所以终究是到了那一天，忘了是谁先开的口，忘了是谁说的那句我们是不是回到朋友关系比较好。可彼此心里都清楚的是时间是条单行线，怎么可能再回到朋友关系，那一刻她的脑海里不知道为什么反复循环着的竟然是三毛的一首诗："记得当时年纪小，你爱谈天我爱笑，有一回并肩坐在桃树下，风在林梢鸟在叫，不知怎样睡着了，梦里花落知多少。"她突然有点分不清这一年来自己所经历的是不是是一场梦境，恍惚间就又回到了课堂上，回到了他问她要不要一起去看电影的那个瞬间，在她的心上种下了一株青葱的绿植，从此根部深埋于她的心底一步步枝繁叶茂地长起，再也无法轻易拔去。风在林梢鸟在叫，恍然如梦，无人知晓梦里花落多少。

她仓惶而悲哀地站在生命中第一场正正经经的恋爱的末端，终于听到了七堇年口中"时光断裂的声音"。钟表的指针停止了摆动，窗外的鸟雀停止了鸣叫，仿佛一切的一切都停在了此刻。也终于明白，其实时间是不流逝的，流逝的是他们。

红尘梦

文化传播学院 2017 级新闻传播学　李黎顺

无边风月多少事？雪中客，难作诗。一梦成空，一梦匆匆。我走过江南，走过烟雨，走过岁月。冉冉花开，清风自来，小巷深处的酒香可还在？

漫步苏堤，回忆过往，想吃东坡肘子，想看白蛇传说，想看断桥残雪，想撑把纸伞，遇见佳人领首，遇见过客示意。我是江湖垂钓客，钓尽千山暮雪，一湖春月。两岸杨柳依依，拂过佳人衣。息影磅礴，叶影斑驳，忘记自己原本只是过客，竟奢想在这里做个垂钓者。

那日乘船，上小瀛洲，绕过亭台水榭，穿过曲径回廊，两旁荷花淡淡幽香，一把纸扇仿佛到了当初时光："依着美人靠，赏着秋月圆，佳人月下系绢，一针针丝线刺出苏绣三千，刺出江南儿女的柔情似水，细腻如烟。"看三潭映月映出二十四个明月光，看孤山何孤掩忠臣良将，叹西冷墓前一片荒凉，叹他人言："一个坟墓而已，有何留恋的？"无边风月不复，人心不古。

万家灯火映不出我的来路，桨橹声声敲不醒我的梦。岁月已迟暮，古镇已荒凉，一路走来，最多感慨，纵游人万千，纵过客熙攘，真正走进古镇心中的又有几人？郑愁予的那首《错误》里说得好："我不是归人，我只是个过客。"是我们的脚步声惊扰了水乡人家的安宁，是我们的势利玷污了西塘的人家的淳朴，我们的到来本就是一个错误。或许不该相遇，只应该在梦里记起，可我想拥有回忆，所以来到这里寻觅，寻觅自己前生在这里路过的痕迹。

向河神祈愿，坐在石凳上，看着河灯随波逐流，渐行渐远，仿佛那个曾经的回忆也渐渐逝去。河岸两旁笙萧声起，不知何人吹响？走在灯火明亮的回廊，看着渐暗下去的月亮，似乎这漫天星辰都已安眠。我也想长眠在这江南水边，依着船舫，信手搅起几缕烟波，问着月色，我这孤人可否长眠?

红尘一梦,梦尽十年。苏州三千景,只爱一寺、一园。枫桥夜泊下寒山寺的钟声已敲了千年,我想两旁的灯火是不是也等候了那位名叫张继的诗人千年?我在枫桥上伫立,想着那位失意者是怎么把那些脍炙人口的字一个一个地刻在心间,一个一个地拍在自己胸口,他有多痛?或许只有那些经历过当初科举的人才知道,而今我们所了解到的不过是皮毛,真正懂他的又有几个?幸好我也曾高考失意,再来一次而已,可他呢?究竟失败了多少次才让他心如刀割?才把寒山的钟声听出愁滋味,才把渔火看成是自己孤独的陪伴?我不知道。可能是正应了那句话吧。"昔日,寒山问拾得:'世人谤我、辱我、轻我、笑我、欺我、贱我,当如何处治乎?'拾得曰:'只是忍他、让他、避他、耐他、由他、敬他,不要理他,再待几年你且看他。'"再待千年我们来寻他,他也待了千年,等这一篇《枫桥夜泊》响彻世间。

园外大千世界,园里万里山河,一窗一景,一廊一世界,繁华成梦,移步换景,一梦流连。这哪里是园林?分明就是一个世外桃源,有着万千世界。山水画廊,用身姿演绎一场山河绝恋;青石台阶,用心声演奏一曲千年古韵。踏步沧浪亭,一见别有洞天,方才知道自己恋古情怀,因何而起,因何而深,不过那人、那景、那年。那个依着美人靠的人,那个荷花香溢的池,那个紫金檀香、鎏金辉煌的园。原来十年梦不过是来这里,原来半生缘分留在了这里。是我痴念,可我仍想一辈子住在这里。

"第一最好不相见,如此便可不相恋。第二最好不相知,如此便可不相思。"只是我相知便已相思,相见便相恋,又何不见时?解我此生愿,许我来时缘。我愿用我余生只求在此江南长眠,那怕拼尽余生也愿。红尘不过一梦,梦醒一切成空。如今我已离开,但我想我定会重来,那时我会静赏暮雪,踏遍江南,走到繁华尽头,结我此生恋。

我的江南

文化传播学院 2017 级新闻传播学　李黎顺

前尘若梦，譬如江南。

小巷弯弯，走过一程又一程；琴声悠悠，听完一段又一段；等候故人，任年轮转过一圈又一圈。梦里依稀看见，自己打马走过江南。

在梦里，一卷书，一杯酒，腰间一把剑，临轩听风，卧窗听雨，断桥采雪，用红泥小火炉温一壶酒。不用学苏子去叹人生如梦，华发早生；不用学渊明去等白衣送酒，重九叹孤独，自己一人，便是千山。行一叶舟、醉一拢月、舞一回剑、摘一片云，就醉在这江南里。把三月桃花酿成酒，清风明月作友，与之相伴、相知、相饮。

只可惜，命运与我开了个玩笑，让我今生生在了远离江南的此岸。梦里烟波寥寥，是杏花烟雨江南；醒时繁华落尽，满目萧然，身边是绵延不尽的荒山。哪里有江南的柔情细雨？哪有江南的温柔月光？

多想在二十四桥的月下，听那撩人心魄的玉箫声；多想在枫桥渡口的夜晚，会有钟声奏响在我的耳畔。"春风桃李一杯酒，江湖夜雨十年灯。"而我早已漂泊江湖许久。于我眼里，江南或许才是我的故乡，西湖或许是我前世的恋人，不然我又怎么会这样痴迷于江南？那里的每滴雨都在等我和它们相遇，那里的每一条街都是我的故人，等我与之对饮，共赏江南。年华渐长，我不再是当初那个懵懂少年，只是不知为何却仍旧痴迷于江南风月。

曾构想过那么一幅画面："庭前白雪压青松，长廊两旁灯火燎亮，一排美人靠在湖水映照的月光下，灼灼生辉。而我提着一盏灯，踏过古巷长街，走过石桥老宅，看过朱颜丽影，月下舞姿翩翩，听过琵琶女轻弹的乐曲，伴着'咿咿呀呀'的桨橹声，谱出一份独立天下、孑然一身的风韵。"

真想有白衣送酒，三两知己，陪我畅饮流年。想过江南的四季：春来，走在西湖岸边，看柳絮初生，杨花初绽，看燕子嬉戏相互追逐。而自己，提着青梅酒，走一步喝一口，等到此心安处皆可眠，等到苏堤春晓来时，再赏美景。

夏至，雨下，听雨打轩窗，想起当初雨漫断桥边，成就的当初那段美丽的缘。不知白娘子当初在雷峰塔下可怨？月夜下，正对烛火读诗，穿着单薄纱衣，却依旧闷热难耐，而之前夜夜响起的蝉声今夜未响，之前相约的故人今夜未来，终是缓缓推门而出……

秋，应是大雁南飞去，想是故人有约至吧！相约看枫桥畔红叶似火，笑当初诗人坐爱之处，早已满地残红。寒山寺钟声一次又一次奏响，可故人却再未来访。空山新雨，天气晚秋，回首旧时岁月，如一阵风，一场梦，拂过，梦过，醒来，却都已忘了……

整个冬天，我只等一场雪，想那"除却君身三重雪，天下谁人配白衣"的白衣风韵，想那断桥残雪的水中寒月似雪的梦幻。提着红泥小火炉，踏雪寻梅，捧风杯雪盏，惜流年冷暖。寻空山鸟语处，独钓千山寒江雪，或是寻知己密友，问能饮一杯否？

都忘了，是何时爱上的江南？只记得小时初见白娘子，便被一袭江南烟雨惊叹；再后来，是读至"二十四桥明月夜，玉人何处教吹箫"的憧憬；到如今，是推开云烟只想再梦一回江南。把这一生在江南耗尽，度过春秋，看尽岁月。

我曾在袅袅云烟中看见了青花瓷的璀璨，在细雨朦胧里感受到了明月夜下玉人的期盼，在城郭脚下的斑驳石板上触摸着岁月的痕迹，在撑船人的吴侬细语中听见了对过往的回忆。

远处琵琶声奏响，弹唱一曲悠扬，而我看着玲珑灯火伴着皎洁月光，缓缓睡去，我梦里的水乡，欢歌流淌。不知那里是否还有长衫纸扇的先生说着过往的桥段？是否还有戏子伶人演绎悲欢的故事？

最怕的是说书人忘改了离分，演戏的人入戏太深，最寂寞的便是一梦醒来才知，自己原本不是故事里的人。

故事的最后，梦的尽头，只剩孤独的我，与落落时光相伴，看不见我梦里的江南。

一曲琴声一曲叹，一段情缘一生憾。

一场梦幻一世难，一个舞台一人欢。

答案在风中飘荡

文化传播学院 2017 级新闻传播学　李梦莹

　　我是归途，我背负一身经过，走过山南水北，人来客往。驰骋的人们翻山越岭，我收藏他们无心留恋的风景。沿途无人可叙人生路上的利钝成败，也没有酒酣耳热的飨宴，只有伤心过客踏着月光铺就的挽联步履匆匆，而我锦衣夜行，只身打马过草原。我看见涉江而来的独臂军人满眼疲惫；我看到一身戎装的将军黯然神伤；我看到骨灰飘落在冰冷的海水里，没有人把荣誉带回家乡。雪落太行，却落不到马背上，马蹄激越，声声碎残阳。行吟诗人唱乡关何处，他的悲声呜咽，他的泪水全无。荒野之滨，无人问来路，人们只问归途：无收束的尘寰，可有众生归途？我不知道。

　　我是时光，我承袭一世沧桑，独看星河流转，世事无常，我坐在高山之上，等海水漫上来。人类以年计时间，称呼我动辄千万，千万年时光，高山已被冲入海洋，人类的欲望却比时光更长。我目睹血光洗礼的灵魂，慢慢消散在深爱的土地上，断壁残垣的宫宇曾经富丽堂皇，那片焦黑的旷野里，炮火连天之前，有一群孩子四处流浪。欲望的广场铺开无字的历史，刀剑相向！天空已被吞噬，我只能静默。昔日阵亡者的头颅如残月升起，幸存者跪着祷告。他们赤着脚跳舞，把帽子抛向空中，唱着我听不懂的歌，可夜色分明冷漠。无人在意苦难，人们只问幸福：若逆旅时光，世界将会怎样？我不知道。

　　我是希望，我摇荡一船星梦，洒落斑驳光影，五彩霓裳。我自创世纪走来，以太阳的名义野蛮生长。在帝王死去的地方，使老枪抽枝发芽，赠予残疾者作手杖。人们以诗和我，以歌赞我，我却是无能的。我在沙漠里起舞，日落之前仓皇谢幕；我拥抱哭泣的夕阳，为她簪一朵春花欲放；我在残破的高墙上，大声朗诵，声嘶力竭到无人鼓掌；我用碎砾铸一座城，每一个棱角都闪闪发光。我不因相信而存在，不因绝望而消亡。我铿吝自守，一路布施前行，就着月光酩酊大醉，一觉如昨。无人理会过往，人们只向远方。比这远方更远的远方，有无终日？我不知道。

我是风，我路过归途，路过时光，路过希望。我吹干绝望的泪水，吹散压抑的哭泣，却吹不散空气中凛冽的血腥。子弹和硝烟奔走，与我逆向。我带着荒草间的马骨，把它安放在无名碑旁；我穿过戈壁，白杨树像没有铭刻的墓碑，在路的尽头耸立。我聆听母亲的呓语，她双目已盲，黯如黑夜，痴痴凝望。我听到诗人的歌唱：答案在风中飘荡……

而我，无视黑夜和黎明，无视夕阳和曙光，我在沼泽中踽踽独行，无所谓路过，心灵，一直在守望。

老街断想

文化传播学院2017级中国语言文学　　马千岱

当我的记忆能够连续成段的时候，因为父母的一些事由，我被托养给了外婆。大概是同为哺乳动物的缘故，印随现象在我的身上也体现得清楚，当我被人抱着在这条街上来回穿梭的时候，那种天然的亲切与依赖感就已经浮现在我的心头了。

那条街到现在依然是我记忆里最繁华的地方，虽然她现在破败到如此地步，但不可否认，对于小城来说她确确实实是繁华过的。

外婆住的地方叫西关，西关的人们往往是戴着小白帽的回民，他们买卖着羊蹄儿羊头羊肚，吆喝着被炭火烤得油滋滋的羊肉串。东关的汉民们开着猪肉铺子，打着棺材卖着瓷瓦碗。南边再走百八十步就是塔院了，院口的人们的铺子里往往是玉器纸元宝，一群寺院里的师父们守着一座宋代的佛塔，不时还有进香的香客。一个街口泾渭分明，但这么多年我从未听说过他们之间发生过什么事端。谁都是守着自己的那碗饭，过着自己的安闲日子的。

老街的房子除了砖瓦房、少数的水泥平房，便是晚清时遗留下来的木质老宅了。我依稀记得，在我小的时候老街的街面是泥巴填成的，下雨的时候泥泞不堪，远处来了一辆自行车我都会躲得老远，生怕被溅上一身泥点儿。天气干燥的时候，街面还算是平整的，经年被人踏出的街面黑乎乎的，久了甚至还会被磨得透出点儿光。我的鞋底沾着老街的泥灰，老街也忠实地记录着我的脚印。

走得多了，老街似乎成了外婆小院的拓展，我闭着眼睛只要调动嗅觉，就能辨识出这里的味道。

街口往往是最繁华的地方，空气里的味道当然也是极为热闹的。福建人热腾腾的馄饨裹着肉香，不等它深入鼻腔，韭菜鸡蛋盒子和油茶的香气也一股脑儿地钻进了鼻孔。卖油茶的老头儿推车上搁着一只大得惊人的茶壶，壶身一层又一层裹着厚实的布条，客人来的时候，老头儿就变成了一位技艺高超的艺人，一手扶着护把，一手端着碗，只要轻轻地一用力，油茶就像流泻的褐色泉水一样倾入碗中，然后平平稳稳地交入客人手中，一滴未洒。没生意时，老头就用木塞塞着壶眼，抽着烟安闲地看着客人就着韭菜盒子大口把滚烫的油茶吞进肚里。

我在黑暗中继续摸索，前边的气味变成了茶香。老街茶馆很多，生意鼎盛的茶馆还会请一些戏班子来唱。茶馆的茶不是好茶，但有了戏班子来，哪怕人群之中空气被挤得热烘烘的，人们也要忍着喉咙的干涩看完一台戏。我极喜欢那些被油彩涂得花花绿绿的脸，亲近那些穿着艳丽行头的人们，我听不懂唱词，但总也随着他人的喝彩听得开心。

再接着走，五步十步，茶香没有了，换成了炭火与羊肉串的味道，我本想再去寻觅那被油纸包裹的点心和滚烫的羊蹄，可偏偏被外婆一把逮住，不得不回了家。

老式的房子没有多高，站在二层的位置就能清清楚楚地看到好几户人家，房子与房子之间往往只隔着一条窄窄的小巷，但这毫不妨碍它们各成一个天地。出于好奇，那时的我常常喜欢站在高处窥探别人家的生活，看着院儿里的婶子们洗衣，我就在那里踮着脚尖去嗅隔壁家不知名的树上开的点点白花，惦记着橘子树上还未成熟的果实，却始终不敢偷摘下一颗，我又去猜他们的碗里盛着的究竟是什么珍馐似的东西，让他们吃得这么香。我对这件事乐此不疲，往往看得忘了时间，直到被外婆发现，半是责怪半是心疼地说我不该爬那样高。

唯一我不敢去探寻的是我老奶的房屋。一条窄巷连着两户人，一户是外婆家，一户便是老奶家。我总爱去嗅老奶院中那株栀子，却不敢踏进那间黑洞洞的老屋。记忆中，老奶总是躺在床上的，只有大人们探望老奶的时候我才敢拉着他们的衣角，怯生生地走进去。母亲说，老奶和老爷曾经是很能干的，攒下了不少家产，原以为能过一辈子富足日子，解放的时候却用簸箕盛着攒下的金玉全交了公。幸运的是，老奶守住了她出嫁时娘家给的那座花梨木的雕花大床。那是个怎样的庞然大物啊，几乎霸占了房间的三分之一。我不喜欢屋里浑浊的气味，也不敢靠近那座仿佛巨口一般盛放着老奶的大床，我只有躲在大人们身后，用脚尖碾着地砖上经年的踏脚泥。

　　老奶在她做姑娘的时候在这座床上度过了她的新婚之夜，最后也在年老的时候躺在同一个地方咽了气。

　　老奶下葬的时候我就站在旁边，看着老奶被白布裹着安放进了回式的墓坑。那时的我还不懂死亡意味着什么，但我知道了死亡会把逝者和亲人永远隔离起来，只留下一条土丘。我看着一铲铲土填满那口大洞，鼻头不知道什么时候酸了起来，后悔没有在老奶还躺在雕花大床的时候多亲近亲近她，至少我能告诉她院里栽的栀子今年开得有多香。

　　我模糊地记得有那么一个晚上，小小的我睡在外婆院里的小推车上，一睁眼便是天上悠悠的月光。夜色是不是深了？或者月亮只是刚挂上枝头？我被微风吹动的一簇簇竹子唤醒，不知道究竟睡了多久。外婆看我醒了，便拿出几颗鸡蛋，我就着晃动的竹影吃掉了鸡蛋中的月亮，然后在外婆怀里又迅速跌入梦乡，耳朵里留下的最后声响是清亮的虫鸣。我一直分不清那到底是不是梦境。

　　今年的雪特别大，我有好多年都没看到这么大的雪了。外婆虔诚如故，夹雪带冰的天气还是要爬起床去清真寺礼拜。她说，等房子建好了，她还想迁回原址去住，那条街是囊括她大半生的地方。外婆已经年近八十了。

　　再次踏入老街的时候，她和街外分明是两个世界了，老街被商品楼的阴影笼罩着，没被水泥覆盖的拐拐角角混杂着脏污的雪和泥巴。我顺着记忆，一家一家摸过去，嗅着残留在这里的烟火味儿，眼前浮现出那一个个挎着篮子卖热羊蹄与焦边馍的老太，老奶黑暗如洞的房间，小空地里打着赤膊热火朝天地吃着拌面和羊肉串的男人们和养着一院花鸟的老头。

　　可现在他们都没了，老街已经不是老街了，它被拆迁队扒得只剩下了壳，除了泥污，只有杂草丛生的残垣。这里早已人去楼空，但一扇扇木门上依然挂着旧锁，可能那些人心里都还有一份挂念，希望有一日拿着钥匙还能归家吧。

　　那不知道要到几时了。

我喜欢

文化传播学院 2016 级汉语言文学　王新伊

我喜欢在春日的午后，捧一卷书，静静地坐在阳台上，闭上眼，让煦暖的阳光洋洋洒洒地泼在身上，细细体会自己在冬日里有些僵硬的肢体一点点变得柔软灵活，然后一头扎进散文的海里自由游弋。而或抬一下头，便看见月季暗红色小芽挤挤挨挨地凑在一起，像小孩子一样喜欢扎堆儿。白玉簪嫩绿的叶苞打着卷，那么羞涩地张望着春天。如水的春光啊，正在我凝眸间静静流淌。

我喜欢在夏日的山间，邀二三好友，于午后隐进绿树成荫的小径，和阳光捉迷藏。说话随意，去处随心。走累了择石而憩，说累了听蝉长吟。日暮，只蓝天白云的戏法就够看上半个时辰。当繁星满天的时候，我们仰望星空，一起看银河，寻找牛郎织女星，听小孩子为流星欢呼，心里同这里的夜一样平静。

我喜欢在下着秋雨的夜里，让自己蜗居在小小的房间里，听笛韵悠悠，应和着窗外淅沥的冷雨，氤氲成一室清愁，缠绵悱恻，让人心旌摇荡。雨的心事，夜的心事，都化成笛声缱绻，萦绕心头。吟诵几句黛玉的"秋花惨淡秋草黄，耿耿秋灯秋夜长。已觉秋窗秋不尽，那堪风雨助凄凉！"，为自己喜欢的人儿扼腕蹙眉，心灵便觉得与她贴近了几分。

我喜欢在冬夜的火炉旁，和家人围坐闲谈。炉里的烤红薯渐渐散发出香甜诱人的味道。于是，话语便不知在谁口中突然住了，眼神却瞄向火炉。红薯出炉，大人小孩一概不计吃相，各抢一块啃得有滋有味。清寒的夜里满是甜甜的暖意。

我喜欢仰头看天空，尤其是晴天湛蓝的天空。高远的天空像一个不染尘埃的梦境，常常让我迷失了自己，误以为自己就是那里面逍遥舞着的一朵云。

我喜欢晚饭后到路边散步，脚步是那样悠闲，心情是如此轻松。路灯有些眼神迷离，霓虹却媚眼频闪，汽车大呼小叫，行人却很安静。路边的小吃摊生意正好，烹炒的声音，烧烤的味道，无一不在向你宣战。我只静静走过，如同走在风景之外。

我喜欢到网上闲逛。朋友的空间是我走访最多的地方。不同的人不同风格的文字便是不同的风景。睿智的引人深思，谐趣的逗我莞尔，犀利的让我击掌……群里也是常去的，有兴致时像一把火，热情洋溢，为朋友喝彩。兴致低落的时候，如一滴水，只坐在角落，安静地看。

我喜欢春天柔和的风，夏天淋漓的雨，秋天幽雅的桂香，冬天飘逸的雪花。我喜欢天空的深邃，大海的浪漫，树木的青葱，花朵的娇媚。我喜欢唐诗的厚重，宋词的缠绵，散文的隽永，小说的跌宕。我喜欢晨起时嗅嗅空气的味道，我喜欢夜里享受风的柔情……

如此多的美，我怎么说得完我的喜欢，而我喜欢的你又何尝不喜欢？

给哈桑的一封信

——读《追风筝的人》有感

文化传播学院 2016 级汉语言文学　王新伊

亲爱的哈桑：

　　你在天堂还好吗？你还在惦念着阿米尔吗？你更牵挂着你的儿子索拉博吗？你也为你灾难深重的祖国揪着心吗？阿米尔很好，他已经走出了那个魔咒，用自己的行动救赎了自己。你的儿子也很好，他和阿米尔生活在一起很安全，也很幸福。"为你，千千万万遍！"阿米尔将会像你当初对待他一样对待索拉博。你的祖国没有什么好转，阿富汗成了地狱的代名词。

　　忘掉人间的一切吧！我认定你本是从天堂来的天使。你的灵魂是那么轻盈，离开尘世怎会不飞升到天堂呢？你的良心没有背负过任何债，世上所有黑暗的东西比如欺骗，比如残忍，比如嫉妒，你都没有。所以你的灵魂轻盈如羽毛，是属于天堂的。你纯洁如处子。在我的心里，你始终是个孩子的形象，因为你永远保持着赤子之心。我甚至觉得没有人可以演绎你，所以我拒绝看演员饰演的你，我怕看不到你不染尘埃的眼神会失望。你像一个净化器，因为你生活在灾难深重的阿富汗，你生活在等级森严的阿富汗，你看到那么多肮脏的东西——背叛、谎言、伤害、欺凌、残暴……但灵魂还保持着纯净。你的灵魂透明如镜，每一个读者都会在里面照见自己丑陋的一面。

　　"为你，千千万万遍！"是什么力量让你能如此真诚无私地对待阿米尔？你为他做早餐，陪他游戏，遭他捉弄，为他追风筝遭受凌辱！甚至当你为阿米尔遭受凌辱和折磨而阿米尔袖手旁观你也依然待他如初，甚至当阿米尔中伤你偷盗，污你清白赶你离开，你也隐忍事实而保全阿米尔的利益！你尽着仆人的职责，又尽着超越朋友的义务！是因为你善良、忠诚的天性吗？是你把阿米尔当朋友当亲人吗？中国古人有言"士为知己者死"，可阿米尔能算你的知己吗？不，根本不算。他从来没有把你当朋友，更不会当手足。他只是寂寞无聊时才想起你，在你得到老爷之爱时他甚至嫉妒你恨你。我看到你那么甘心为他付出这么多，却遭到不公正待遇，我对你又爱又怜。我的同情像潮水一样漫上来，我止不住对阿米尔的厌恶！而你从来没有恨过他。

看着你在风雨中伤心地离开，我的心也如雨浇一样的冰冷。可爱又可怜的哈桑，命运待你太不公！你有权憎恨那个给你制造了痛苦的人，有权痛恨这个不公的社会！如果你离开时眼里是愤怒的火焰，你心里狠狠地骂那些所谓体面的人一顿，我的心里也会痛快一些，可你没有！因为你没有，我的一腔怒火竟觉得无从发泄，我的悲悯竟没有落处！

当读到你接受拉辛汗的邀约回来为阿米尔看守豪宅时，我曾欢喜过。我希望你可以住得舒服些，但你没有，你依然安守本分，住在下人居住的泥屋，你依然考虑阿米尔的感受，怕他多心。哈桑，你何时为自己想？我希望你可以等到阿米尔回来，等到他向你赎罪，你心底的伤口可以得到疗治。可你等到的却是塔利班要你搬走，他们要抢占阿米尔的房子。而你还是那么忠诚，那么信守承诺，宁可被杀也不肯离开半步。中国人自古崇尚诚信，留下一诺千金的典故，而你一诺竟是生命的代价呀！你知道你这样做，我有多痛心吗？我宁可你离开！离开！"留得青山在，不愁没柴烧"，你为何不能变通一下，房子已然守不住，为何不为儿子留下父亲呢？是的，现代中国人特别喜欢用这个词，变通。而你，没有，不屑！你是有原则的，有信仰的。你是愿意为此付出一切的！这是中国自古以来一直崇尚的舍生取义精神！你没有读过中国的古书，可你的很多做法和立言践行的中国古人何其相似！人类美好的天性都是一致的！我崇敬你！

每次读到你将面临不幸，我都会把书放下，不忍看下去，好像我不看惨剧就不会发生一样。而你的死更让我久久不能释怀！我不知该恨谁！慢慢的，我与这个结局讲和了。你这样天性善良、忠诚、正直、感恩的人，更适合生活在天堂，一定是安拉怜惜你，把你召回去了。何况，这样死去是你的选择，并无痛苦可言，我为何对这结局纠缠不休呢？每一次质疑过你的做法之后，我都会看到蒙在我心上的尘垢——自私、狭隘、冷漠、麻木。读你，让我不断反省自己！

哈桑，你受到千千万万读者的喜爱，你让他们看到理想的人并反省自己，你是永生的！感谢你净化我们的灵魂！

愿你快乐！愿你的祖国早日摆脱战争的困扰！人民早日走出噩梦！

深情几许，不及秋雨

文化传播学院 2015 级秘书学　张博予

一往情深深几许，深山夕照深秋雨。

恋人的眼泪，是愁绪摊破的秋雨，是冬夜寂静街角一阵孤独的风，是未曾停在黛墨红笺上的笔化成的影踪，是一世无眠的幽悄，是长大的你永远梦不回的岛。

用情深到心底，涟漪的不只是回忆。每一个夜开始时，就像不得不迎接的一场死亡。不是怕天明，怕再也梦不见你的眼睛。于是，清风化酒，又和弦月，消磨了一夜愁。轻拂古镜，交织的是你我的面容，不觉风彻夜，静，不听，梦起栏外，月已三更。

听不见风掠过原野的莫名安静，就定格住那三声关心，封住展开千万遍的信，收起不会陈旧的简讯。闭上眼，就梦见了今年的第一场雪，纷飞的思绪不断，毕竟挽不回的，被叫作从前。

看见昨夜后海合欢黄叶飘落，西风夕阳，往事纠缠情殇，谁觉书香，一如往昔寻常。十年踪迹，每一步都苍老了曾经，宣告远离那季，你走之后，又过几秋。

什么都无法挽留住一段注定褪色的爱情，就像几片红叶挽留不住过去的秋。我记住每片枫叶落地的声音，并拾起它们为你装饰成诗，我未见过的三行诗，你不爱的几句诗。

情绪郁结成信，被遗忘在秋千上，每一枚邮票都曾是透明过的泪珠。谁在乎你爱过谁，想过谁，为谁倾尽半生的泪，最后变成不会哭的面具呢？爱情没有褪色，褪色的不是爱情。

名花再绮丽，都经不起一宵冷雨，就如你们自诩虔诚发过的誓，终究败给请帖上不一样的名字。你爱得深，只是你的自以为是。

如同每一次跪下都终究会站起，每一个你以为爱的姑娘都会远走他乡。走吧，别再说爱了，还不如大醉几场。

飞花风雪不如是，疏梅横笛又三更。

深情几许，隔不断秋雨。

诗雨忆清明

文化传播学院 2015 级秘书学　张博予

清明，是雨的名字。回忆充斥心绪，茶香氤氲沁入空气，又把双眼浸湿。清明，是心底呼唤故土的声音，是随风吹散的淡淡哀愁，是梦里一方矮矮的坟茔。

说清明是忧愁的，是属于怀念的日子，的确实实在在。这一种忧愁是有缘由的，是千百年来延续不断的，我们中华民族遥寄相思的一种方式。读着那些关于清明的诗，我们每个人，都在雨中慢慢走回故乡。走向那些渐渐音容消亡的人，那个时常入梦、惊醒又伴着泪水的人。于是捧起那些古人用心写就的诗一读再读，而泪也一流再流。

而当驱车于清明前日返回故园时，尤生感慨，对于杜牧《清明》也多了几分感同身受。那时节，那雨，和那盘旋在车里在心头的一种莫名愁致，就是诗中难以名状的感触。千年前的古人，在这个落雨纷纷的日子里，对亲人，对生离死别的怀想，和如今应无不同吧，就如同这场雨，伴随着清明，穿越过千年时光，仍然能让我们听到心底的声音。

"素衣莫起风尘叹，犹及清明可到家"，陆游的《临安春雨初霁》就宛如我的行程。归乡，寒暄，走过青苗初生的沟垄，走过三棵刻下童年的树，走到那几方矮矮坟茔。用无声，用缄默，在细雨飘飞中撑伞，燃起一围火苗。点燃一片纸钱，而任更多的纸钱在纷飞，然后被雨水打落。再倾泻下半瓶白酒把火浇灭，剩下半瓶一饮而尽，辣意催动酒气沸腾了双眼，于是泪水自觉地流出，朦胧了凄风冷雨。

倾述完半年所酝酿的话，最后再留恋几眼这方青丘，遂斜斜地撑着伞，一深一浅蹒跚地走着。整片世界只有落雨的声音，和着滚烫的心跳声。

走到村口，可见许多双眼红肿的人从四面八方返回，此情此景，正如宋代高翥《清明日对酒》中"南北山头多墓田，清明祭扫各纷然"。回到老宅中，再倾上一杯酒，慢慢品味，也明白了"借问酒家何处有"平淡意味下蕴含的愁思。

清明的意味，很悠长，很悠长。虽说也无非是一些幼年往事，一些成长旧事，但是每每想起，总是容易触景生情的。特别是对很早就离家的我，对家乡，对亲人的回忆尤为浓烈。然而生活不是浓烈如酒，反而是平淡如水，时过境迁，有些情绪学会收在心底，只在某些夜凉如水的时分独自澎湃。

清明的诗，总是绕不开感伤，躲不开一种压抑的情绪，或者就是回忆混杂着惆怅。其实，诗中总有我们的影子，也有一抹我们的故事，所以读来，才会感同身受，情绪不能自已。

清明的诗，清明的事，纠缠不休，最后写就的，也不过是自己简单的一生。

我们穷极一生，都行走在雨中，都背负着故乡和回忆，这些并不是前进的负累，反而是我们心灵的一方栖息地。

芳华如梦

文化传播学院 2015 级秘书学　张博予

　　爱是什么？是炽热的荒野上无畏肆意奔跑的力量，是寒夜里紧紧怀揣不灭的火光，是云天之上更高更宏伟的殿堂，是永恒闪耀的梦的彼岸方向。

　　梦想呢，是大雨滂沱中遮蔽在臂弯里的花，是惨烈血战中紧握在手中的女神的剑，是眺望九州上空飘渺不定的云，是屹立在海岸悬崖上指引方向的灯塔光芒。

　　人生旅途漫漫，追逐爱的道路之间横亘着高山与关隘，梦想更是遥远得宛如一首若即若离的歌，那又何妨。我径直背负着希望上路，怀抱着大海与天空，朝着繁星呐喊，把皎月挂在每夜安眠的床头，去赴这一场生命中注定要盛装出席的佳筵。

　　最怕一生碌碌无为，还安慰自己平凡难能可贵。紧握住快要落泪的梦想，虔诚地信仰着爱与希望，就算遍体鳞伤，一如既往。就算是被命运抛弃之人，纵然与爱的距离一如眺望星空般遥远，纵然所有梦想都会随着时间消逝，甚至变成梦魇在每一个没有月光的夜里入梦，我亦无怨无悔。

　　不论是谁，都有想逃避的时候，只要愿意拼尽全力去激发深埋在心的勇气与力量，就会生出梦想与希望的翅膀，去横跨山川和海洋，去坚定不移地追逐爱的方向。没有什么是注定得到或失去的，人生总要面对无数个未知的远方，这也正是我们为何对每一个崭新的明天都充满希望。虽然生活没有地图可以指引方向，总会在某些瞬间感到迷茫，但也因此我们是无拘的自由灵魂，随心所欲，放声歌唱，肆意飞翔，尽管前往任何地方。

谢谢你，为我勾画出未来的美丽景象，那些美好的梦想，令人曾经无比向往，但我也并不纠结于是否能抵达最终的归宿，毕竟遗憾在所难免，不如轻描时光漫长，低唱语焉不详。每一种美好都值得被纪念，被写成真挚热切的诗句，被珍藏在心底。就算曾幻想过，也曾失去过，所幸并无太深的执念，在尚且清白之年。

随风去吧，就是四散天涯罢了，谨记这些尚无忧虑的年少时光，裹紧尚未被风尘沾染的灵魂、梦想以及未曾磨灭的希望。

毕竟人生一场大梦，韶华白首不过一念之间。

此刻停驻时光，凝望远方，看那幽夜，依旧苍茫。明日即赴他乡，秉持信仰，此生不枉，来生不忘。

波拉尼奥的消失①

文化传播学院 2016 级广播电视学　黄钰文

　　智利小说家罗贝托·波拉尼奥 2003 年消失在这个世上，他的文字却在他死后不断被印制成书，让他成为西班牙语世界中最值得钦佩的作家。他的文字是一种革命，刺激着我们身体里反叛的灵魂。

　　波拉尼奥的作品是他对痛苦的追忆，背景无外乎是年轻时亲身经历的智利革命：清理校园、被捕入狱、逃亡流浪……有时会让人模糊虚构和历史的界限，因为小说中的主人公无疑就是他自己。像陀斯妥耶夫斯基一样，书卷里满含从苦难中迸发的、被忧伤和青春闪光弄得磕磕巴巴的词汇，虽是一本本独立的小说，文字却循环往复，把它们当成一本巨著也未尝不可，一个没有出口的迷宫，一座无论如何都找不到的墓。能获得的，是痛苦到无以复加的地步。《2666》中让人着迷的神秘作家阿琴波尔迪，《遥远的星辰》中消失的暗恋对象和纳粹诗人，《护身符》中墨西哥诗坛之母自述动乱年间的经历，那些诗人、文学家相继躲起来，了无踪迹。小说中提到的人常常悄声地消失殆尽，但故事依旧继续讲述，无非是讲述下一个人而已，历史这般浪打浪，星星悄然坠落却无人见之，或许"革命"的另一个意思是：不断消失，直至被空气吞没。在1974 年从来都不缺少幻觉、失踪人口和女尸。"她们总是失踪，消失在看见和看不见的空气里"（《2666》），而他能做的仅仅是"纯粹的愤怒，纯粹的无能为力"（《遥远的星辰》）。

　　抛开苦难，波拉尼奥作品的另一特点是其浓郁的诗性。波拉尼奥在

①一篇对文学家罗贝托·博拉尼奥的追忆。

流浪时期结识了许多诗人，这使他书写的故事总和诗结合在一起，诗人常常是他故事的叙述者，其中还牵扯了众多拉美诗人和小说家，堪比拉美文学总汇。一位披着小说家外衣的文学评论者，假借小说人物之口把自己喜爱和厌恶的拉美作家评论了一遍，有时也聊聊其他形式的艺术，比如杜尚的《几何学遗嘱》，又或者是大卫·林奇、伍迪·艾伦的电影。

在生命的最后十年，波拉尼奥以惊人的速度写作着，实际上《2666》按其生前构想应该是五部单行本小说，以便给儿女留下更多的钱供其成长。记得《未知大学》的开篇是这样介绍波拉尼奥的："四十岁之前，他写诗，革命，吸毒，流浪，生病——总之，他几乎什么都干过，除了写小说。而在他四十岁之后的十年，除了写小说，他几乎什么都没干。"但他最终也没能完成自己的写作计划，那些失踪的人的故事再也没有后续，2666 年的终极解释也没有给出，这位作家就秘密隐退了，留下另一个"阿琴波尔迪"迷局，或许我们将在一个偶然的机会，在几何图形的某种变化中看见罗贝托·波拉尼奥。

回声之骨①

文化传播学院 2016 级广播电视学　黄钰文

　　与贝克特的渊源始于戏剧，从《等待戈多》开始，到《无法继续》，为其作品中缠缠绕绕的文字和无休无止的等待所吸引。他的作品似乎都没有结局，即使大声喊出"终局，这是终局，将要终局，马上将要终局"也依旧无法看到结尾，这种不确定性不断牵引着我，再读一段吧，再读一下子你就会发现，发现什么，我也不知道，也许是原地打转，我在打转了，我的文字停在这里，走不到任何地方，走不向任何地方，无法走出了，无法继续，也根本不需要继续。

　　除了剧本，贝克特的小说也不是仅供阅读的，它们更适合被讲述。贝克特的作品都像是独角戏，即便这场戏有很多人物，但你依然能感觉到，所有的人物都在自言自语，他们之间没有交流，语言无法交织在一起，只是从各自嘴中不断喷涌而出，说啊，说啊，继续说着，被说着，被谈论着。语言琐碎且不断重复，像万箭齐发。他用文字模糊了我的意识，在我的脑中开辟了一条道路，径直地走进我，能一眼望到底，看穿整个人层层面具下隐藏的那两个字：孤独。

　　我第一次感受到了文字的反作用力。以前带着自身的经历去阅读文章，去体会文中所讲，常常使得阅读成为一种对文字的发力。但在读贝克特的作品时，他似乎用"闲言碎语"把我清空了，就只剩下一个躯壳，站着听他咒语般的文章击中我，一起向着更糟去啊。进入无意识空间。一切都模糊了，正当没有话语的时候。

　　现在我躺着，倾听黑暗中是谁在发问，滔滔不绝地讲着他的疑惑，

---

　　①《回声之骨》是爱尔兰戏剧家萨缪尔·贝克特的一篇短剧，也是贯穿其作品恒定不变的主题。本文试图以此剧为切入点，结合自身体验，试图解读贝克特的文本中"空谷回响"的寂寞。

他怎么那么多话，他仿佛说不清楚，我听到有人在唱歌，喝醉的女人在唱歌，歌词模糊，只一句就停了，然后是狗吠，三声，敲门声，男人的吼声，电视剧中的人在讲话，然后，没了，什么都没有，直到语言完全消失。直到语言丧失，意识没了踪影。如果没有了语言，意识是否依旧存在，意识将如何存在？意识如果需要表达形式，是否造就了新的语言？

贝克特对文字的使用就像音乐家在谱曲，前面重复的都是铺垫，渐渐包裹着听众的意识，重点只是高潮的几个音符在声东击西。反复的语言用来揭开意识的空洞。语言变成了一种机械的行为。总是这样，不管是哪个故事，主人公都好似在登山，快到山顶的时候脚底一滑掉了下去，然后再爬，不断地爬不断地摔下，如此重复，重复到最后你发现他是故意的，故意折磨自己和他人，将人们拉入一种苦难之中，让你不断地陷入陷入。在重复之中，会显露出来本能。而你本能地发现，人本孤独。无休无止的孤独，让你只想找个人说说话，于是对着一个不在场的人，诉说：

A：嘿！我在对你说话呢，你有没有听到啊！

B或C或随便什么人或根本没有人：（沉默无声）

A：你是听到了对吧？你为什么不回答我呢？

B或C或随便什么人或根本没有人：（沉默无声）

A：好吧，那我假装你听到了。

如此，回声之骨化为石头，沉默啊沉默。

诗　文　品

读古诗词札记六则

文化传播学院文学通识教研室　王卫东

一、摽有梅、木瓜及其他

《诗经》中有首诗叫《摽有梅》：

摽有梅，其实七兮。求我庶士，迨其吉兮。

摽有梅，其实三兮。求我庶士，迨其今兮。

摽有梅，顷筐塈之。求我庶士，迨其谓之。

对于古代诗歌的解读总是挺有意思的。反正诗无达诂吗，怎么解读能自圆其说就行了。

《摽有梅》，有人说是一首收梅之歌，把这首诗当成农事诗来看，但更多的解读与此不同，认为这是一位待嫁女子的诗。她望见梅子黄熟，纷纷坠落，引起了青春将逝的伤感，唱出了这首怜惜青春、渴求爱情的诗歌，诗中之情如河中之水，汹涌澎湃。清代龚橙《诗本谊》中说："摽有梅，急婿也。"

闻一多《诗经新义》这样解读："摽，即古抛字"，又说："古俗于夏季果熟之时，会人民与林中，士女分曹而聚，女各以果实投其所悦之士，中焉者或以佩玉相报，即相约为夫妇焉。"

又有一首诗也可以为闻一多先生之说做注脚。即《木瓜》也：

投我以木瓜，报之以琼琚。匪报也，永以为好也。

投我以木桃，报之以琼瑶。匪报也，永以为好也。

投我以木李，报之以琼玖。匪报也，永以为好也。

《摽有梅》当是女悦男。多情女，我抛我抛，诗最后也没交代她看中的那个"庶士"是否有了回应。顾随先生在《驼庵诗话》中说："'三百篇'是有什么就喊什么，想说什么就说什么，想怎样说就怎样说"，我理解这应该是说"三百篇"率真、大胆、真实而有人情味。想起北朝民歌《折杨柳枝歌》"门前一株枣，岁岁不知老。阿婆不嫁女，那得孙儿抱"；又想起个明代小曲："相思铺，这几日翻腾重盖。大门外，挂一面卖相思的牌。有几等相思卖与人害：单相思背地里想。双相思两下里挨。鹘突的相思也，鹘突人来买"①，民歌真是质朴清新，明朗深情。

《木瓜》就与《摽有梅》有所不同了，这当是一首男女相悦之诗。女子把采集的果实投给他中意的男子，男子则回报玉佩以定情。玉在古代是男子随身佩带之物，还有"君子比德与玉"之说。

最有意思的是闻一多先生说的"士女分曹而聚"，这应是集体的约会呀。所以今天的什么大龄青年联谊会、电视里的相亲节目之类，都不是什么新鲜货，古已有之。

我在《摽有梅》和《木瓜》中看到了骨子里的真诚，真是非诚勿扰。

二、天下才子半流人

你忧国忧民，有"可与日月争光"的人格与意志；你清醒，"举世皆浊我独清，众人皆醉我独醒"；你叹息，"长叹息以掩涕兮，哀民生之多艰"；你气魄宏伟、辞章瑰丽的作品堪称世界文学殿堂的精品；你的形象不管大江东去、暮往朝来却依然挺立在人们心田。

但是，我知道，你是一个流人，我不忍读"游于江潭，行吟泽畔，颜色憔悴，形容枯槁"的你。

你是"诗仙""谪仙人"，你自我设计功成身退的理想，你想"大鹏一日同风起，扶摇直上九万里"，浪漫的幻想和宏伟的抱负是真正本色的你；你应诏有"仰天大笑出门去，我辈岂是蓬蒿人"的欣喜若狂和豪放；你牛气，玄宗降辇步迎，"以七宝床赐食于前，亲手调羹"，可你终被赐金放还；你幸遇杜甫，让这个"乾坤一腐儒"为你终生担忧；你有失意之时"大道如青天，我独不得出"的满腔愤懑；你不做作，那"昔在长安醉花柳，五侯七贵同杯酒"的留恋，着实让人羡慕；你怀念故乡的思绪如潮翻飞，"举头望明月，低头思故乡"；你给纤夫们唱起哀伤的歌，"一唱都护歌，心摧泪如雨"；你饮酒，深知"人生得意须尽欢，莫使金樽空对月。古来圣贤皆寂寞，惟有饮者留其名"；你永不安于寂寞和孤独，吟唱着"举杯邀明月，对影成三人"。

---

①明·冯梦龙《挂枝儿·想部》。

但是，我知道，你是一个流人，流放夜郎，遇赦得还后不久，就结束了你传奇而坎坷的一生。

你堪称全才，诗、词、文、赋、书法、绘画，中国几千年的文化史没有谁能与你相比，你"是一个不可救药的乐天派，一个伟大的人道主义者，一个百姓的朋友，一个大文豪，大书法家，创新的画家，造酒实验家，一个工程师，一个假道学的憎恨者，一位瑜珈术修行者，佛教徒，巨儒政治家，一个皇帝的秘书，酒仙，心肠慈悲的法官，一个政治上的坚持己见者，一个月夜的漫步者，一个诗人，一个生性诙谐爱开玩笑的人"。①

但是，我知道，你还是一个流人，你还应有一个很重要的身份：苦难者。对此你戏谑为"问汝平生功业，黄州惠州儋州"，可谓真实。

柳宗元、林则徐、纪晓岚、吴兆骞……

三、诗圣情圣老妻瘦妻

杜甫被称为"诗圣"，似乎是众人皆知。"诗圣"，就是诗国中的一个圣人。宋代杨万里说杜甫是"圣于诗者"。但具体到"诗圣"的这个称号是在明朝时最后确立的——明末的王嗣奭在《杜臆》里首次提出，明末清初叶燮《原诗》："诗圣推杜甫。"杜甫"诗圣"的称号遂最终确立。

杜甫还被人称为"情圣"，似乎知之者甚少。"情圣"，就是感情方面的圣人。提出杜甫是"情圣"的是梁启超。1922年，梁启超到诗学研究会去演讲，题目就是《情圣杜甫》。看题目，好像要讲讲老杜的爱情故事，讲点风花雪月，其实不然。梁启超说，人们都称杜甫为"诗圣"，我要称他为"情圣"。"我以为工部最少可以当得起情圣的徽号。因为他的情感的内容，是极丰富的，极真实的，极深刻的"。这个"情"包罗万象，朋友情、百姓情、爱国情、父子情、夫妻情……"情圣"二字，视角独特新颖，点到杜诗精髓，也可谓说尽杜甫一生！

当然老杜很谦虚，自称"乾坤一腐儒"，也有人称他为"村夫子"。视角不同，似乎也有理。要说老杜也绝对是"超值绩优股"，在唐代他

①林语堂《苏东坡传》序言。

绝没有李白名气大，不管怎么说李白也被玄宗降辇步迎，享受过"以七宝床赐食于前，亲手调羹"的待遇，尽管"供奉翰林"说白了就是一个御用文人罢了，但也牛过，诗名满天下。可是从宋代开始，人们就是待见老杜，给老杜弄得是越来名气越大，后来就和李白平起平坐了，和李白一起被人们称为唐代诗歌的"双子星座"。

老杜的诗忧国忧民，诗风沉郁顿挫。老杜是个基本上不写爱情的诗人，但老杜一千多首诗里还是有几首诗提到了他的老婆，还是以"老妻"和"瘦妻"相称的，这对于他的夫人而言，也是有点不公平的。老杜的老婆是当时司农少卿杨怡的千金，是大家闺秀，受过良好的家庭教育，善良贤淑，通情达理，比老杜小有差不多十岁。老杜晚婚，29 岁才结婚。

想想老杜，真是一生逆境多、顺境少，特别是四十岁以后，基本上就是穷困、疾病、逃难，这位杨家千金跟着老杜，几乎没有过几天好日子。杨氏绝对是一位了不起的女性，她一点儿也不指责杜甫是书呆子、村夫子、腐儒，她含辛茹苦，节衣缩食，无怨无悔地操持着家庭。老杜对老婆也情深绵绵、感情诚挚，一生与妻相濡以沫，风雨同舟，矢志不渝。

下面我们看看老杜笔下让人可亲可近、可爱可敬的"老妻""瘦妻"吧。

"老妻寄异县，十口隔风雪"①，这是老杜对老妻、对家人不能释怀的惦念；

"瘦妻面复光，痴女头自栉。学母无不为，晓妆随手抹。移时施朱铅，狼藉画眉阔。"② 这是老杜借写小女儿顽皮，调侃久别的妻子；

"香雾云鬟湿，清辉玉臂寒。何时倚虚幌，双照泪痕干？"③ 老杜对与妻团圆的期待。月的清辉照在你的玉臂上，恐怕你也觉得寒凉了吧？什么时候我们才能够双双倚着薄薄的纱帷，一同再看看月亮，让月光照干我们思念的泪痕呢！

"世乱怜渠小，家贫仰母慈"④，老妻在饥寒交迫中担负着抚育儿女的重担；

---

①《自京赴奉先咏怀五百字》。　②《北征》。　③《月夜》。　④《遣兴》。

"老妻忧坐痹，幼女问头风"①，老妻时刻关心着疾病缠身的老杜；

"老妻书数纸，应悉未归情"②，老妻给老杜写信，写了几张纸，没有埋怨，只有理解；

"老妻画纸为棋局，稚子敲针作钓钩"③，这个老妻在一张纸上信手画个棋盘，然后跟老杜对弈。老杜最小的儿子把绣花针敲弯了，然后想去河里钓个小鱼。老妻有情调，贫困的家庭也有自己的快乐啊。

诗圣、情圣、圣洁；老妻、瘦妻、贤惠。

四、那人 那诗 那酒

有一位不能大量饮酒却极喜畅饮的大文豪，就是苏轼。

东坡酒量不太好，是他自己说的，"我本畏酒人，临觞未尝诉"④，"少年多病怯杯觞，老去方知此味长"⑤。有段文字说得更清楚，"予饮酒终日，不过五合。天下之不能饮，无在予下者。然喜人饮酒。见客举杯徐饮，则予胸中，为之浩浩焉，落落焉。酣适之味，乃过于客。闲居未尝一日无客，客至未尝不置酒。天下之好饮，亦无在予上者"。⑥ 酒量不大，但却善于玩味酒的意趣，东坡真是酒不醉人人自醉的典范。

东坡酒醉能做什么？

东坡酒醉能画画、能书法、能写诗词能写文赋，高人也。

"吾醉后能作大草，醒后自以为不及"⑦；"今日舟中无他事，十指如悬棰，适有人致嘉酒，遂独饮一杯，醺然径醉。念贾处士贫甚，无以慰其意，乃为作怪石古木一纸"⑧；传诵千古的赤壁二赋，就都与东坡醉酒有关。

东坡不能喝还常喝。

"多情多感仍多病，多景楼中。尊酒相逢。"⑨ 饮的是朋友相逢的高兴酒；"白发千茎相送，深杯百罚休辞"⑩，饮的又是悲伤离别的酒；"明月几时有，把酒问青天"⑪，饮的是佳节思念弟弟的酒；"人生如梦，一樽还酹江月"⑫，饮的是面对自然、人生而感慨的酒。

①《遣闷奉呈严公二十韵》。 ②《客夜》。 ③《江村》。 ④《叔弼云履常不饮故不作诗，劝履常饮》。 ⑤《次韵乐著作送酒》。 ⑥《书〈东皋子传〉后》。 ⑦《题醉草》。 ⑧《答贾耘老四首》其四。 ⑨《采桑子·润州多景楼与孙巨源相遇》。 ⑩《西江月·送钱待制》。 ⑪《水调歌头·明月几时有》。 ⑫《念奴娇·赤壁怀古》。

东坡不能喝还常醉。

差不多是每饮必醉。"蜗角虚名，蝇头微利，算来著甚干忙。事皆前定，谁弱又谁强。且趁闲身未老，尽放我、些子疏狂。百年里，浑教是醉，三万六千场"①，醉中豪放；"酒酣胸胆尚开张，鬓微霜，又何妨。持节云中，何日遣冯唐？"②，醉中抒怀抱；"持杯月下花前醉，休问荣枯事"③ 醉中倾诉无定匆促的人生无奈；"书中苦觅元非诀，醉里微言却近真"④，酒醉吐真言；"料峭春风吹酒醒，微冷，山头斜照却相迎。回首向来萧瑟处，归去，也无风雨也无晴"⑤，酒醒勇敢面对人生磨难的坦荡胸怀。

东坡不能喝还爱酿酒。

东坡一生尝试过多种酿酒方法，这是有文字记载的。东坡酿制桂酒成功后，曾写《桂酒颂并序》表达喜悦之情；在黄州写过《蜜酒歌》，但似乎酿制蜜酒并不十分成功，宋代叶梦得《避暑录话》记载："苏子瞻在黄州，作蜜酒不甚佳"；在岭南曾酿制真一酒，"真一酒"来自道士，乃道家法酒，东坡极爱真一酒，写过《记授真一酒法》《真一歌并引》《真一法酒寄徐得之》等诗文隆重记其事；曾写过不足四百字的《东坡酒经》，简洁精辟叙述了黄酒的酿制过程，是酿酒的经典文献，对后世影响深远。

东坡喝酒趣闻。

"家童鼻息已雷鸣。敲门都不应"⑥，他只好拄着手杖站在江边，听了半宿流水声！

东坡乘醉赋诗泼墨，醉后倒头酣睡，绝不醉态百出。得酒之真味者，东坡也。

五、渔父——文人士大夫的"心灵鸡汤"

渔父，作为一类虚构的人物形象，经常闪现在古典词曲之中。

在文学史上，最早描写渔父的当首推《庄子·渔父》与《楚辞·渔父》。

《庄子·渔父》虚构了一个"须眉交白，被发揄袂"的渔父，作为

---

①《满庭芳·蜗角虚名》。　②《江城子·密州出猎》。　③《虞美人·持杯遥劝天边月》。④《赠善相程杰》。　⑤《定风波·莫听穿林打叶声》。　⑥《临江仙·夜归临皋》。

道家思想的代言人，批评孔子"苦心劳形以危害其真"的救世行为。

《楚辞》中的渔父，是隐逸的象征。

继《楚辞》和《庄子》之后，以渔父为主题的词曲不断涌现。

1. 敦煌曲子词

浣溪沙

　　浪打轻船雨打蓬，遥看蓬下有渔翁。蓑笠不收船不系，任西东。　即问渔翁何所有，一壶清酒、一竿风。山月与鸥长作伴，五湖中。

词中写了渔人的自由洒脱，开了词曲中写渔樵隐逸自然旨趣的先河。

2. 张志和

张志和有五首《渔父》，词中有画、画中有词。下面这首最为有名。

　　西塞山前白鹭飞，桃花流水鳜鱼肥。

　　青箬笠，绿蓑衣，斜风细雨不须归。

青山，绿水，白鹭，渔舟，粉红桃花，青色斗笠，黄昏细雨。张志和自号"烟波钓徒"，此词寄托了作者爱自由、爱自然的情怀以及乐天知命、随缘自适的快乐哲学。"青箬笠，绿蓑衣"的渔父形象也积淀为后代文人士大夫心中一个挥之不掉的精神原型，形成一个神奇的"渔父"情结。

刘熙载《艺概》卷四："张志和《渔歌子》'西塞山前白鹭飞'一阕，风流千古。"

3. 苏轼

渔父四首

　　渔父饮，谁家去，鱼蟹一时分付。

　　酒无多少醉为期，彼此不论钱数。

　　渔父醉，蓑衣舞，醉里却寻归路。

　　轻舟短棹任斜横，醒后不知何处。

　　渔父醒，春江午，梦断落花飞絮。

　　酒醒还醉醉还醒，一笑人间今古。

　　渔父笑，轻鸥举，漠漠一江风雨。

　　江边骑马是官人，借我孤舟南渡。

"渔父饮""渔父醉""渔父醒""渔父笑","酒无多少醉为期""酒醒还醉醉还醒""醉里却寻归路",有失意词人的影子,但更主要表现了东坡对笑傲古今、超然自适、潇洒旷达的"渔父"的追慕。

《浣溪沙·渔父》:

西塞山边白鹭飞,散花洲外片帆微。桃花流水鳜鱼肥。

自庇一身青箬笠,相随到处绿蓑衣。斜风细雨不须归。

这是东坡的一种模仿、也是一种改写;是一种尝试、也是一种创造;保留了张志和原词的成句,又改换了新的词调;有对张志和《渔父词》的欣赏,也有对"渔父"情结的认同。

4. 朱敦儒

朱敦儒有《好事近·渔父词》六首,其中一首如下:

眼里数闲人,只有钓翁潇洒。已佩水仙宫印,恶风波不怕。 此心那许世人知,名姓是虚假。一棹五湖三岛,任船儿尖耍。

芸芸众生谁潇洒,"钓翁""渔父";他是江湖"水仙",不惧恶风掀浪;他的心思你莫猜,他的姓名也虚幻;他的世界是五湖三岛,他的生活是泛舟游耍。这是朱敦儒对闲逸生活的生动诠释。

5. 元代·乔吉

【中吕】《满庭芳·渔父词》之一:

扁舟最小,纶巾蒲扇,酒瓮诗瓢。樵青拍手渔童笑,回首金焦。箬笠底风云缥缈,钓竿头活计萧条。船轻棹,一江夜潮,明月卧吹箫。

散曲朴质通俗,兼有典雅。此散曲勾勒明净疏朗之境,写出作者达观之情。

渔父不是一个简单的语词,而是一个叠加的意象,"渔父"意象侧重文人们对精神解脱与回归自然的寄托,是文人士大夫的"心灵鸡汤",当然也难免是画饼充饥。

六、悲秋一种特有的情结

"袅袅兮秋风,洞庭波兮木叶下。"①

---

①屈原《九歌·湘夫人》。

"悲哉秋之为气也，萧瑟兮草木摇落而变衰"①，宋玉开悲秋之先河，被后世称为"悲秋始祖"。

"摇落深知宋玉悲，风流儒雅亦吾师。怅望千秋一洒泪，萧条异代不同时。"② 老杜这么一说，"宋玉悲"就成了一个脍炙人口的典故了。

自宋玉后，也就"自古逢秋悲寂寥"③。感伤情绪一进入诗歌，文人们就不厌其烦地心追手摹，一遍遍抒写宋玉式的悲凉。

1. 古歌（汉乐府民歌）

秋风萧萧愁杀人，

出亦愁，

入亦愁。

座中何人，

谁不怀忧？

令我白头。

胡地多飙风，

树木何修修。

离家日趋远，

衣带日趋缓。

心思不能言，

肠中车轮转。

这首古歌写思乡愁绪，气氛惨烈。

2.《燕歌行》其一

秋风萧瑟天气凉，草木摇落露为霜，群燕辞归雁南翔。

念君客游思断肠，慊慊思归恋故乡，君何淹留寄他方？

贱妾茕茕守空房，忧来思君不敢忘，不觉泪下沾衣裳。

援琴鸣弦发清商，短歌微吟不能长。

明月皎皎照我床，星汉西流夜未央。

牵牛织女遥相望，尔独何辜限河梁。

曹丕所作《燕歌行》两首，被公认为中国诗歌史上最早最完整的文人七言诗。有"七言之祖"之谓。

---

①宋玉《九辩》。　②杜甫《咏怀古迹》。　③刘禹锡《秋词》。

秋风横吹，草木凋零，天气日冷，白露化霜。雁南飞，女主人公独居思夫。

3. 杜甫《登高》

> 风急天高猿啸哀，渚清沙白鸟飞回。
>
> 无边落木萧萧下，不尽长江滚滚来。
>
> 万里悲秋常作客，百年多病独登台。
>
> 艰难苦恨繁霜鬓，潦倒新停浊酒杯。

"一篇之中，句句皆律，一句之中，字字皆律"，胡应麟盛誉其为"旷代之作"，清代杨伦推崇此诗为"杜集七言律诗第一"①。

宋人罗大经说："万里'，地之远也；'秋'，时之惨凄也；'作客'，羁旅也；'常作客'，久旅也；'百年'，暮齿也；'多病'，衰疾也；'台'，高迥处也；'独登台'，无亲朋也。十四字之间含八意，而对偶又精确。"②

此诗是大历二年（767）重阳诗人在夔州登高感怀所作，将羁旅、衰老、愁病、念国、思家悉数纳入秋江秋景之中，"八愁"积郁一身的老杜，苦啊！

4. 苏轼《南乡子·重九涵辉楼呈徐君猷》

> 霜降水痕收，浅碧鳞鳞露远洲。酒力渐消风力软，飕飕，破帽多情却恋头。佳节若为酬？但把清樽断送秋。万事到头都是梦，休休，明日黄花蝶也愁。

苏轼贬谪黄州期间，于元丰五年（1082）重阳日郡中涵辉楼宴席上为黄州知州徐君猷而作。词中抒发了作者以顺处逆、旷达乐观而又略带惆怅、哀愁的矛盾心境。

《礼记》说："秋之为言愁也。"南宋词人史达祖《恋绣衾》说得更明白："愁便是秋心也。"吴文英《唐多令》也道："何处合成愁，离人心上秋。"这说明，从字源学的角度看，"秋"与"愁"二字本就大有渊源，音、形、义相谐相通。

---

①《杜诗镜铨》。　②《鹤林玉露》乙编卷十五。

潮湿的记忆　温暖的怀乡

——评余光中《听听那冷雨》

文化传播学院汉语言文学教研室　沙家强

"乡愁是一湾浅浅的海峡/我在这头/大陆在那头"。时常读起余光中这首满载浓浓"乡愁"的小诗，身居大陆"这头"的我在想："在那头"的诗人啊，您常常在干什么？是在静默中向"江南"进行深情地回望？还是踩着一叶"邮票"向"那头"作勇敢的飞翔？诗人的心跳在告诉我们，他时时在进行着心灵的远游。

一次闲暇中再读《听听那冷雨》，我猛然间醒悟诗人在干什么了。"杏花。春雨。江南。六个方块字，或许那片土就在那里面。……因为一个方块字是一个天地。太初有字，于是汉族的心灵他祖先的回忆和希望便有了寄托"。字里有"土"，"土"存载了华人所有的记忆和希望。同时"雨"打在土地上激起了一种特别的"土腥气"，那"腥气"让"地上的地下的生命也许古中国层层叠叠的记忆皆蠢蠢而蠕"，又"因为雨是最最原始的敲打乐从记忆的彼端敲起"，于是存封多年的"记忆"复活了，并随着由"雨"组成的音乐旋律一起飘扬开来……。原来，诗人时常在做的，不是在唤醒"记忆"并与"记忆"对话吗？是"记忆"传给诗人以孤独中的温暖。你看，在料峭的春雨中，连诗人的"思想都是潮润润"时，但一旦忆起大陆母体给予的"安慰"，诗人便在"严寒里竟有一点温暖的感觉了"。遥远的"记忆"可能像"雨"一样冰冷而潮湿，但怀乡本身却是那么温暖！"听"，给诗人以新的生命活力，"记忆"更是让诗人实现了生命的跃迁，此时即使"雨"打湿了白发老人的额发，那又何尝不是一种陶醉般的幸福？

难能可贵的是，诗人并不是仅仅在其很窄的故园中徘徊，通读他很多的经典小诗，你会发现诗人胸怀天下，时常牵挂着人类的命运。在《春天，遂想起》中，诗人时时梦回"唐诗的江南""多湖的""多风筝的"江南，他能听到母亲一次次的"呼喊"。在这里我们感觉到，诗人怀恋的不仅是少年时代的江南，更怀的是一种以民族灿烂的古文化为精神背景的文化乡愁。在《夸父》中，诗人面对中国人仰慕西方文明的不正常心态，发出了这样的诘问："为什么要苦苦去挽救黄昏呢？"诗人又告诫我们："西奔是徒劳，奔回东方吧/既然是追不上了，就撞上。"是啊，既然西方文明已无法挽救，何不一起"奔回东方"呢？其中伟大的悲天悯人的情怀和诗意的历史沉思，处处显露出诗人对人类命运的终极关怀，这不能不让我们从心灵深处获得一种感动，一种幸福的撞击感。

让我们再"听听那冷雨"吧，"听雨，只要不是石破天惊的台风暴雨，在听觉上总是一种美感……"

用心倾听，你会顿悟：诗人那潮湿的"记忆"，怀乡中的温暖，也在温暖着我们。

做人与作诗

文化传播学院文学通识教研室　陈世杰

一

做人是一种境界，作诗是另一种境界。

所以作诗之法与为人之道不可同日而语。

清人李渔说得好：

　　……不抑不回，表里如一之法，以之为人不可无，以之作

诗词则断断不可有也。①

他的意思很明白：做人应表里如一，要口是心是，不能表里不一，口是心非；作诗则万万不可，这是因为："如将盛气直述，则毫无余味。"②

诚者斯言。

记不清何时见过一则笑话说：女人说"不"的时候即"是"，外交家说"是"的时候即"不"。

这样做人，难免有"花花肠子"之嫌。所以谚云："人要实心，火要空心。"

人要实心，诚实，是一种美德；而火要空心，空则通，通则透气，透气才能燃烧。

可见，做人，要做得实在；而作诗，可不能太老实了。

做人不老实，你的朋友很少；作诗太老实，你的读者难多。

比如做人：你言而无信，再三爽约，欺下瞒上，落井下石，即使备

----

①李渔《窥词管见》，见郑奠、谭全基《古汉语修辞学资料汇编》，商务印书馆，1980 年出版。　②魏泰《临汉隐居诗话》，见郑奠、谭全基《古汉语修辞学资料汇编》，商务印书馆，1980年出版。

上一桌好宴，请也没人来吃。

比如作诗：不说"多情却是总无情，唯觉尊前笑不成。蜡烛有心还惜别，替人垂泪到天明"①，偏说"我们两个要分离，面对面坐着抹眼泪"。门户洞开，一览无余，谁还愿读呢？因此，"凡作人贵直，而诗文贵曲"②。

我的理解是：人的品性贵耿直，诗的表现贵委曲。委曲，即含蓄地表达。

所以我说，作诗是一种境界，做人是另一种境界，不能像做人一样作诗，也不能像作诗一样做人。

二

作诗要用文字表达，做人也要传播沟通。

在此，诗言与人语有其共通之处。

诗言要美。诗的形象要美，诗的意境要美，诗的语言更要美。

老诗人艾青说："诗是艺术的语言——最高的语言，最纯粹的语言。"意大利诗人卜迦丘说，诗是"精致的讲话"。

实际生活中，人们已经不自觉地把"诗"看成是"美"的代名词。

比如：

——这环境多么富有诗意啊！

——这工作多么富有诗意啊！

——这生活多么富有诗意啊！

——这个人多么富有诗意啊！

事实上也是这样：

真正美好的生活，本质上是诗的；真正美好的人，本质也是诗的；甚至美好的小说、散文、音乐绘画，质里也是诗的；因此，诗要排除一切丑陋的形象，一切污秽的语言。

---

①杜牧《赠别》，《唐诗三百首详析》，中华书局1957年出版。 ②袁枚《随园诗话》，人民文学出版社1982年出版。

人言也要美。孙子曰:"赠人以言,重于珠玉,伤人以言,重于剑戟。"

同是言,赠人的言,比珠宝价值还贵重;伤人的言,比剑伤戟刺还要疼痛。

因此常言说得好:良言一句三冬暖,恶言一句六月寒。

言为心声。语言美是心灵美的窗户,这个窗户的好坏,直接影响着一个人的形象。

不少人有过这样的审美体验:

一个容貌姣好、打扮入时的少女,走在街上,会无声地牵动着人们的目光。如果她突兀地来上一句"妈的×"。这粗鲁的语言,与她娇美的容貌即刻会形成极大反差,此时的众人,美感顿遭破坏,有的会扭头就走。我把该类小姐称作:"此人无声胜有声";我送该类小姐一句话:"要想人夸颜色好,劝君永远悄无声。"

因之,做人,无论你生得美丑,打扮得漂亮与否,话总要讲得艺术点,文明点,礼貌点。

甚至还可再降一格:

人可俗一些,话不能粗一点。人俗,别人知道你是个肉眼凡胎就可以了;话粗,常把人陷于尴尬的地步,实难和睦相处。

于诗也然。诗可以熟一些,诗言不能粗俗一些。诗熟,因他人之意,袭他之句,"似曾相识燕归来",大家知道你是个梁上高手也就作罢。诗言要是粗俗,隔三插四,脓文疮字,不仅大煞风景,甚至难以卒读,怎么能让人心里痛快?

比如:东北《诗人》诗刊曾在"爱情诗"专辑里推出一首《题夜壶诗》曰:"阿奴好似君家妾,君却不与奴同歇。急时扯奴上床来,兴尽便与奴分别。"

呜呼哀哉!如此之"夜壶",形象之丑陋,情趣之下流,文笔之粗劣,竟惶惶然登上爱情诗的大雅之堂,真乃"奇文共欣赏"。见此诗,使人不能不怀疑作者审美趣味的低下和庸俗。难怪有读者拟诗嘲之:

阿刊号称爱情诗，君却偏爱孔方兄。

急时哪顾名与实，尿壶也能建奇功。

无独有偶。一位老诗人曾"改革开放"出《梦的自白》，该诗写得深沉奇警，入木三分。读后确如该刊卷首语所言："令人颤栗。"但诗中先后出现六次"他妈的"，两次"他娘的"，一次"他奶奶的"，我不知道诗人为何对女人这么不客气。还有，"便桶里撒尿——我不敢唏哩哗啦"，"很有节制地/轻轻放几个小屁"等。读后若品一席上好的佳肴（因为是老诗人）突然发现几只死苍蝇，食兴迭遭冲击，承受能力差的，还得来一番洗肠涮胃之苦。

难怪艾青说："有人写诗像在拉痢疾。"

我恐怕这些写诗之人：说话像在往外倒垃圾。

三

文学评论中有句老话：风格即人。

这里的"风格"，我理解为诗的风神标格；这里的"人"，我理解为诗人的气质禀性。

这样，风格即人，实是诗人创作个性与作品风格的一致关系。

袁枚说："作诗不可以无我。"诗中诗人，因"性情面目，人人各异"而诗的风格也每每不同。性格不同，风格不同，但对一个人来说，其人性格与其风格是相似的。

据说，苏东坡曾问一位善歌幕士，他的词与柳永的词有何区别？幕士答曰："郎中（柳永）词，只合十七岁女子，执红牙板，歌杨柳岸晓风残月；学士词，须关西大汉，绰铁板，唱大江东去。"

幕士的话说得很形象，苏词要有关西大汉那样性格的人，绰着铁板来唱才够味道。而柳词，则需江南妙龄女子，拿着红牙板，轻歌曼舞方能传达出情韵。苏词如是，其诗也然，袁枚说："苏诗如丈夫见客，大踏步便出去。黄诗如女子见人，先有许多妆裹作相。"① 这即评出了他们诗格的不同，其实也指出了他们性格的不同。苏诗豪迈率直，常理而言，其人绝不会"妆裹作相"；黄（庭坚）诗妆裹修饰，其人概不会大步迎客。

除上以外，《诗人玉屑》也是这样来评价的："魏武帝如幽燕老将，气韵沉雄；曹子建如三河少年，风流自赏；……"②

可见，诗的格调如此，诗人气质也不会有多大变化。诚如钱钟书先生所说："其言之格调，则往往流露本相，狷急人之作风，不能尽变为澄澹，豪迈人之笔性，不能尽变为谨严。文如其人，在此不在彼也。"③

四

人品是人德。人的涵养有好有坏，所以人德也有高低。这是做人的问题。

诗品是诗德。诗的创作目的不同，因而诗德也有优有劣。这是作诗的事情。

这二者，古代一些诗论家认为完全一致。他们在人品与诗品之间画上了等号。诸如："人品高则诗品高，心术正则诗体正"④；"诗乃人之行略，……见其诗如见其人"⑤；等等。

其实不然。

我们不否认"人品高则诗品高，心术正则诗体正"，但并不尽是"诗品高则人品高，诗体正则心术正"。

正如可以说凡成功之人必是努力之人，而不能说凡努力之人必是成功之人一样。

吴处厚《青箱杂记》卷八说："文章纯古，不害为邪。文章艳丽，

---

①袁枚《随园诗话》，人民文学出版社1982年出版。　②魏庆之《诗人玉屑》，上海古籍出版社，1982年出版。　③《钱钟书论学文选》，花城出版社1991年出版。　④纪昀《诗教堂诗集序》，《纪文达公遗集》卷八。　⑤徐增《而庵诗话》，见郑奠、谭全基《古汉语修辞学资料汇编》，商务印书馆，1980年出版。

不害为正。世或见人文章铺张仁义道德，便谓君子，及花草月露，便谓之邪人，兹亦不尽也"。吴氏认为，文品的高下不能证明人品的好坏，正人能作"邪文"。所以，"若将字字论心术，恐有无边受屈人。"①

比如拿为文的放荡推断为人的放荡，则定会造成冤假错案。王国维《红楼梦评》第五章说："如谓书中种种境界、种种人物，非局外人不能道，则是《水浒》作者亦是淫妇，盖人疴也！"② 照此推论，"或视文章如罪犯直认之招状，取供定案，或视文章为间谍密递之暗号，射覆索隐"③ 则完全成立。果真如此，"作者有忧之，预为之辞而辟焉"④。待文章皆"辟"成了清一色的高言旷语，是不是个个皆成了"高人雅士"呢？

事实也不是。

魏叔子说："文章自魏晋迄于今，不与世运递降。古人能事已备，有格可肖，有法可学，忠孝仁义有其文，智能勇功有其文。旦夕揣摩，大奸能为大忠之文，至拙能袭至巧之语。虽孟子知言，亦不能以文章观人。"⑤ 很显然，魏氏认为邪恶之人可作正经之文，比如大伪大奸可以作出爱国志士的豪言壮语。

宋代皇帝赵构曾写过一首《题金山》的绝句：

屹然天立镇中流，弹压东南二百州。

狂虏来临须破胆，何劳平地战蚩蚘。

诗中隐然以抗击外敌的中流砥柱自居，实际上他是个辱国丧权、屈服外敌的庸君。所以胡应麟《诗薮》评该诗"殊不类其人"⑥。可见，假如只从诗本身激昂慷慨的调子来理解，定会被赵构欺骗，误以为其人是个坚强爱国的斗士仁人呢！

---

①《静修文集》卷十一《读史评》，转引自《钱钟书论学文选》，花城出版社 1991 年出版。②《钱钟书论学文选》，花城出版社 1991 年出版。 ③《钱钟书论学文选》，花城出版社 1991 年出版。 ④《钱钟书论学文选》，花城出版社 1991 年出版。 ⑤魏禧《日录》，见郑奠、谭全基《古汉语修辞学资料汇编》，商务印书馆，1980 年出版。 ⑥胡应麟《诗薮》，上海古籍出版社，1958 年出版。

再如，内心卑劣庸俗的势利小人却能文饰出淡泊高洁的君子。

晋代有个潘岳，字安仁，当时很有诗名。他的《闲居赋》曾一时风靡。作品把自己描绘成一个淡于利禄、忘怀功名的高洁圣人。扬雄《法言·问神》说："言，心声也；书，心画也。声画形，君子小人见矣。"以此看来，潘岳可谓一个"高情千古"，不染红尘的贤士。而史书载潘岳其人"性轻躁，趋世利。与石崇等谄贾谧，每候其出，与崇辄望尘而拜"①。原来，潘岳是一个热衷名利、望尘而拜、趋炎附势、人品卑下的小人。所以，金人元好问向扬雄之言提出疑义："心画心声总失真，文章宁复见为人？高情千古《闲居赋》，争信安仁拜路尘？"众所周知，"诗言志"之说，袁枚认为"不可过拘"。他说："诗人有终身之志。有一日之志，有诗外之志，有事外之志，有偶然兴到，流连光景，即事成诗之志，志字不可看杀"②。还有一种情况，这就是"为文而造情"，"为赋新词强说愁"。在此种情况下，那情那愁，那恩那爱，即是虚情假意，假仁假义了。因此，《文心雕龙·情采》说："言与志反，文岂足证！"确实不宜作证。"言与志反"，其目的是多样的：或沽名或钓誉，或欺世或图利，等等。十八世纪法国一妇人曾直言不讳地说道："吾行为所损于道德者，吾以言论补偿之"③。她做了缺德事，用文章言谈来弥补。（切莫上当！）然若以"文如其人"的说法去推断，则必上当受骗无疑。这种"文是行非"的文人文坛可不少见。

早在清时，陈廷焯就发现文学史上"人品不足取而诗品甚高"和"词不足法，人品却高绝"的两种文人，进而断言："诗词不尽定人品。"④ 是的，不能以诗词之品的好坏断定人品的好坏。然而，怎样对待这种人品与诗品错位的现象呢？

窃以为，做人与作诗，一个是道德标准，一个是审美标准，不必将二则掺和一起，去以人品定诗品，以诗品定人品。应该丁是丁，卯是

①《晋书·潘岳传》。 ②《小仓山房尺牍》卷十。 ③《钱钟书论学文选》，花城出版社1991年出版。 ④陈廷焯《白雨斋词话》，见郑奠、谭全基《古汉语修辞学资料汇编》，商务印书馆，1980年出版。

卯，品诗就说诗，论人就讲人。"爱屋及乌""恶其人者，恶及储胥"，不是冷静治学的态度。正确的做法是："我很看不起阮大铖之为人，但是仍可以喜欢他的燕子笺，这等于说比如我的厨子与人通奸，而他做的点心仍然可以很好吃。一人能出一部小说杰作，既然其人无甚足取，我还是要看。"① 这就对啰！

其实，这很符合当今的人际传播理论：对事不对人。

概括起来讲，就是：对诗不对人，对事不对人，论人就讲人。这才是正确的态度。

话说回来，尽管可以把为人与为诗分别而论，但我们还是希望诗人讲一讲"文学良心"，既做高尚之人，又写高格之诗，既"铁肩担道义"，又"妙手著文章"。果然如此，那可真是"人品高则诗品高，心术正则诗品正"②。

行文至此，回看本文标题，我还有一个想法，即：作不好诗无所谓，不作就是，改行也行。没有那个禀赋硬要当诗人，那是活受罪，但做不好人则断断不可，然最忌的是诗作不好，人也没有做好。

---

①林语堂《林语堂文集》。 ②纪昀《诗教堂诗集序》，《纪文达公遗集》卷八。